Ｄ－凶の復活祭

吸血鬼《バンパイア》ハンター㊸

菊 地 秀 行

本作は二〇二三年十一月～二〇二四年八月、
「一冊の本」に掲載されたものに加筆しました。

目次

吸血鬼《バンパイア》ハンターDの世界

遙か未来の地球。人類は核戦争の末に衰退し、代わって〝貴族〟と呼ばれる吸血鬼たちが高度な科学文明を駆使し、全生命体の頂点に君臨していた。しかし吸血鬼の食糧と化した人類も反旗を翻してふたたび〝貴族狩り《ハント》〟を始め、荒廃した大地の上で、貴族VS.人間の争いは激しさを増していた。

吸血鬼と人間の間に生まれついた混血種《ダンピール》のDは、究極の吸血鬼ハンターである。様々な依頼主に雇われては貴族狩りを遂行するDの出自の謎とは？　この世界の隠された秘密と、そしてDの運命の行方は？　今日もまたDの旅は続く――。

D

長身瘦軀《そうく》。完璧な強さと美貌を兼ね備えた貴族ハンター。その左手は別の人格を持ち、嗄《しゃが》れ声で話をする。

Dと出会う人々

◆テラーズ公／四度目の復活の時を待つ貴族。

ベン＝ラッド／旅の戦闘士。

ガタラ／テラーズ公の執事。

ケイガン・ビュー／テラーズ公の最高執事。

ミノラール／テラーズ公の妃《きさき》。

ダミアン・マリア・クロロック／復活祝いの舞踏会のために造られた合成人間のダンサー。陰陽人で、男の姿がダミアン、女の姿がマリア。

＊

ダンシング・クイーン／ダンサーの姉妹で、貴族ハンター。ライカ（姉）とダイアン（妹）。

ヴァミア／ラランジュの最高名家ギンズベルグ家の生き残りの娘。

バグラーダ卿《きょう》／過去三度、テラーズを斃《たお》した貴族。テラーズとは犬猿の仲。

＊

スモクト／ラランジュの町長。

トーバーナ／ラランジュの副町長。

ゲヂ／トーバーナの息子。

ジュハン道師／ローアン教の僧。

デラノーチェ道師／ローアン教の僧。

デイドーリン道師／ローアン教の僧。デラノーチェ道師の妻。

＊

スフラ婆《ばあ》／盲目の老婆。呪術師。

『D－凶の復活祭』登場人物

イラスト／天野喜孝

第一章　道の端《は》で

1

その旅人は、夜明けからそこにいた。

〈東部辺境区《セクター》〉の脇街道である。辺境地帯から中央地区へと走る広い道を、主《しゅ》街道と呼ぶ。人馬、貨物の大量移動を担う、いわば大動脈だ。

そのかたわらを寄り添って走る大小の道が脇街道。目的地は様々だ。小さな町や村へ急ぐ旅客、旅慣れた者たちはこちらを選ぶことが多い。脇街道は途中様々に枝分かれして、時には思惑とは別の土地に旅人を踏みこませる。

〈7号街道〉――、〈東部辺境区〉の脇街道では、最も有名だ。ただし悪名によって。

最辺境部を振り出しとして、最終地点――道の絶える都市「ラランジュ」まで、ほぼ直線で一千キロ。一万年近い樹齢の巨大な幹や死神の手のような大枝、地層に近いとさえいわれる分厚い枝葉《えだは》が象徴する大森林が、人馬の足を迷わせる。加えて数本の大河、得体の知れぬ生物《もの》たちが棲《す》む大沼沢地帯がそれに加担し、利用者たちは例外なく重武装を要求される。

旅人は〈7号街道〉が最初の難所――「バチステラの森」に入る、その数メートル手前の道の端に横たわっていた。ふた抱えもあるミオロシ杉の巨木の下である。枝と葉の影が黒ずくめの彼をさらに暗く覆っている。

サイボーグ馬がいないのを見ると、途中で失い、鞍《くら》だけを肩にここまで着いた結果、力尽きたものだろう。

違う。

その姿が告げている。

漆黒《しっこく》の旅人帽《トラベラーズ・ハット》が、同じ色のコートが。左腕に寝かせる長剣が、その全身が。

何よりもその美貌が。

否定する。

人間の思惑を。

遠くから彼を見つけ、行き倒れなら懐のものを探ってやろうかと薄笑いを浮かべる旅人たちは、たちまち心肺機能が劣化し、血流が低下し、あらゆる汗腺から汗が噴出する。体内がずっしりと冷たい――今は冬のさなかか。

どうしてこうなる?

あの旅人のせいだ。

仰臥の姿勢を崩さず、こちらを見てもいないのに。

その美貌がそうする。危害も侮辱も許さんと。その見返りは、ひとつしかない、と。

死よりも怖ろしいものだ、と。

だから、人々は壊れかけの人形のように、ギクシャクと彼のかたわらを過ぎる。こう思いながら。

自分はもう、もとの自分に戻れない、と。

旅人は目を閉じていた。

二日になる。

彼の現状を言い当てた者はない。容態を気遣う者とてもない。

その日の正午近くまでは。

「あら――陽光症？」

地上二メートルにやや足りぬ位置から声をかけたのは、色とりどりの女だった。

まるで幻みたいに朧《おぼろ》な色の布を、一枚の衣裳にまとめたような女であった。

赤毛を紫のゴムバンドでまとめ、首からは模造宝石のペンダント、偽貴族のネックレス、手にはペンダントと同じまがいものの指輪をきらめかせている。

四頭のサイボーグ馬に引かせる幌馬車《ほろばしゃ》の横には、それなりに巧みな踊り子のイラストと、

DANCING QUEEN
の文字が踊っている。

旅廻《たびまわ》りのダンサーに違いない。年齢は二十歳《はたち》ほどか。

御者台《ぎょしゃ》で、ぶるっと身を震わせ、

「なんて色男なんだい――あんた、ひょっとして――Dかい？」

と訊《き》いた顔は青ざめているが、怯《おび》えてはいない。この女も並ではない証拠だ。

「あたしはライカ。自力で乗れるかい？　あたしはダンス以外、力仕事はしない主義でね」

返事はない。

Dは閉じた眼で蒼穹《そうきゅう》を見上げたままだ。

女は、やれやれとつぶやき、幌の方へ、

「ダイアン、力を貸しておやり」と声をかけた。

「あいよ」

鞭《むち》が風を切るような返事とともに、十歳くらいの娘が現れた。

ピンクと青の花を飾ったワンピースが金髪と可憐《かれん》な美貌によく似合っている。

軽々と地面へジャンプし、Dへと近づいた。

「わあ、綺麗なお兄さん」

少女が立ちすくんだのも無理はない。

「あら」

とライカが幌をめくった。妙な言葉が続いた。

「――わかるの？　美しいって奇蹟だね」

ダイアンはDの横で身を屈め、左の手首と肩を摑《つか》んだ。

「よいしょ！」

ひと声で、Dは少女の肩にもたれかけさせられていた。その重みを気にする間もなく、ダイアンはさっさと馬車の真横へ廻ると、

「ほい」

Dをライカの隣の助手席へ放り上げたのである。信じ難い膂力《りょりょく》であった。Dは動かぬまま、ライカのかたわらに坐《すわ》りこむ形になった。

「ほんじゃ行くわよ」

ダイアンが幌の中へ戻るや、ライカはサイボーグ馬にひと鞭当てた。

馬は一斉に大地を蹴って――止まった。その衝撃が馬車を叩き、しかし、ライカは驚きもせずに、右手を席横の火薬長銃へ伸ばした。

森の奥から流線形の影が飛び出して来たのは、その瞬間だった。ライカの頭上だ。

それは細い腕で、ライカの襟《えり》を摑んだ。背中で二枚の翼が開き、羽搏《はばた》いた。噴き上がった風は、一匹とひとりを楽々と宙に浮かべるだけのパワーはあったようだ。

三メートルまで一気に上昇——そこで黒い飛沫が飛んだ。

ライカをさらったのは森の凶鳥《まがどり》「フライト・ナイト」であった。名前とは異なり、四六時中、樹上から獲物を狙い、一気に舞い降りて奪い去る——この間二秒とかからないの噂《うわさ》通り、ライカを捕まえて上昇に移るまでの間は二秒足らずであった。そいつの死の瞬間まで。

びしゃんと地上に叩きつけられた死骸から一瞬前に跳び離れたライカは、もとの御者席に腰を下ろしている。

「相手を見ろ、バーカ」

と吐き捨てた。右手に扇型の光が陽光にかがやいた。

それが「フライト・ナイト」の腹を縦に割ったのを見た者はいない。

黒血の一滴も付着していないそれを、手首のひと捻《ひね》りで鮮やかに折り畳んで、ライカは手綱《たづな》を握った。

馬車は走り出した。

幌の中からダイアンが顔を出し、

「凄《すご》いね」

と言った。

「それ程でも」

慣れた返事であった。

「違うよ」

と少女は言った。

ライカの眼が光った。必殺の自信があったらしい。

「あれを殺ったのは、あんたの扇剣じゃない」

淡々と言った。

「じゃあ――誰が？　おまえかい？」

「ううん」

少女の白い指が、助手席のDをさした。

「まさか」

「あたしにもやれたけど――あたしより早かったわ」

ダイアンの青い瞳《め》がDの――長剣に吸いついた。見た目に変化はない。それに――動いたはずがない。

「見たの？」

ライカの問いは、何処《どこ》か恐怖に満ちていた。

「ううん。でも、見えたような気がしたの」

「ちょっと」

とがめる眼つきと口調の前で、ダイアンはかぶりをふった。

「一瞬――フライト・ナイトを横に光が」

「その刀から？」

ライカの声に、何故《なぜ》か疑惑の響きはなかった。Dは一刀を左肩に抱いている。

「陽光症で寝たきりのダンピールが抜き打ちで、フライト・ナイトを、ずばっと？」

小さな顔がうなずいた。

それと眠れるハンターへ眼をやってから、ライカはこの件を忘れることに決めた。


森へ入って、三〇分ほど進んでから、ライカは馬車を街道から森の中へ乗り入れて止めた。

「どうしたの？」

当然の質問をするダイアンへ、

「気になるのよ、この先。彼、ここへ捨てていくわ」

「ちょっと――どうしてよ？」

「わからない。彼、美し過ぎるのよ」

「捨てる理由になってないわ」

ダイアンは眉を吊り上げて抗議を放った。

「このひとの過ぎるは度を越しているの。絶対におかしなものも引き寄せる」

「んなバカな」

肩をすくめるダイアンに、

「とにかく早いとこ降ろして」

二人がかりで、Ｄの肩と襟首を摑んで抱き起こそうと力を加えた刹那《せつな》、

「よさんか、こら」

世にも渋い声が、二人をすくませた。

視線が声の元へ向かった。

Ｄの左手である。

ライカが大きくうなずいた。

「噂に聞いた。Ｄにはおかしな連れがいるって――あなたね」

「そうだ」

「おお、気味が悪い。放り出すわよ、ダイアン」

「待たんか。こ奴はいまは眠っておるが、陽光から庇《かば》ってやれば、じき元に戻る。それからおまえたちの旅の安寧は、こ奴のいる間、保証されるのだぞ」

「いくらハンサムだって、死に向かうダンピールに何が出来るの。捨てるわよ」

「ちょっとまってよ、ライカ」

ダイアンが異議を唱えた。最初から、放り出しに百パー乗り気ではなかった風がある。

「何よ？」

と歯を剝《む》くライカへ、

「この人、きっと役に立つわよ。さっきのフライト・ナイトの最期を見たでしょ。死にかかってあれが出来るのよ。息吹き返したら、鬼に金棒よ」

「何処の国のことわざよ。いいこと――捨てるの」

「わかった」

ダイアンは、ライカを睨《にら》みつけた。こっちも負けてはいない。

「じゃあ、あたしも下ります。この人を放してから、後を追うわ」

「いい加減にしなさいよ」

ライカが地響きみたいな呻《うめ》きを放ったとき、その足下へ、小さな輝きが落ちた。

眉をひそめて、それを手に取り、眺めた数瞬――

「朱海《しゅかい》の珠《たま》じゃないの!!　これ――ひと粒一〇万ダラスはするわよ」

眉の形は仰天に変わっている。

「二〇万ダラスじゃ」

と左手が言った。

「こ奴が復活したら、くれてやる。どうじゃな？」

「なんでも言って頂戴」

ライカは指先の輝きに呑《の》みこまれそうになった。

ダイアンが、この女は、という風にためいきをつくのを見たのか、

「面白いコンビじゃな。とにかく世の中金じゃ。さっさとこいつを下ろして、陽のささぬ場所へ埋めい」

と左手が命じた。


夕暮れまで、三人か四人かわからない一同は、巨木の下に留《とど》まった。

ライカに言われて、ダイアンは馬車から起立型レーダーを持ち出して、Dの頭上に置いた。

「要らん。エネルギーが勿体《もったい》ない。下げろ」

にべもない左手の言葉に、

「どうしてよ？　これから日暮れよ。こんな森ん中じゃ何が来るかわからないわ」

とまくしたてたものの、ライカは何気なく四方を気にしている。

「こ奴の身体は眠っておるが、精神は起きておる。近づく危険には、どんなメカより素早く正確に反応するのじゃ」

「なら、あたしたちの助けなんか、要らないじゃん」

とダイアンが唇を尖《とが》らせた。

「〈辺境〉には、どんな奴がおるか、未だにわかっとらん。念のためじゃ」

「何でもいいわよ、二〇万ダラスなら」

ライカが不敵に笑った。欲ボケの傾向が濃厚とはいえ、大した度胸である。

「あーあ」

ダイアンが欠伸をひとつして、

「坐りっぱなしも退屈だわ。散歩してくるね」

と立ち上がった。

「遠くに行っちゃ駄目よ」

おろおろとたしなめるライカをよそに、小さな影は、闇に近い街道の方へと歩き出した。

「変わった姉妹じゃの」

左手の指摘に、姉は、

「そうかしら」

とだけ答えた。

「実の姉妹ではあるまい」

ぎょっとした。

「へえ、誰にも見破られたことないけど」

「顔も体型も良く似ているが。ま、どうでも良い。よく働く妹らしいの」

ライカが答えようとしたとき、レーダーがかすかな音を立てた。

空中に映し出された三〇センチ四方のホログラムに、レーダーとライカとDの姿が青白く描かれている。

その左が南北に走る街道だ。

真ん中にダイアンが立っていた。

動かない。

いや、動けないのかも知れない。

実測で五メートルほど前方に、三つの影が対峙《たいじ》していた。

首から下を闇色のマントで覆った長身の男と、その両手が摑む鎖の先で、不気味にダイアンをねめつける二頭の四足獣とが。

2

「ダイアン」

立ち上がろうとするライカを、

「音を立てるな。食われるぞ」

左手が低音で叱咤《しった》した。

気圧《けお》されて片膝立ちで止めはしたが、ライカの両手には扇剣が光っている。一瞬で街道へと流れる構えも完璧だった。

しかし、敵はひとりと二頭。

止めた左手に策はあるのかと、見えぬ頭上でかがやきはじめた月が問いかけてくる。

「『ダンシング・クイーン』の片割れだな?」

と長身の男が訊いた。

「それがどうかした?」

とダイアンが訊いた。二頭の獣は黒豹《くろひょう》だ。だが、三メートル近い体長といい、しなやかさよりもゴツさが際立つ体軀《たいく》といい、凶悪と凶暴剝き出しの顔つきといい、殺戮《さつりく》のための手が加えられているのは明らかだ。並の人間なら失神してもおかしくはない凶気を放っている。

それが、この少女は悠然と、

「まあ、可愛い飼い犬ね」

強がりなど欠片《かけら》も感じさせない声であった。眼に寸毫《すんごう》の怯えもない。凄い、というよりこの度胸は異常であった。

飼い主も気づいたか、

「ほお。怯えてはおらんな。珍しい」

と言った。

「お互い別の立場なら、この犬どもと芸を競わせて、おれの配下にしてやったものを――。姉はそっちか」

ダイアンが出てきた木立に眼を向けた。

その刹那、ダイアンが右へと動いた。

黒い獣も地を蹴った。一頭は少女に、もう一頭は木立の間へ。

ダイアンとぶつかる――結果は惨劇だ。

ダイアンの左腕は肩のつけ根から、食い切られていた。

首のひと振りで、嚙《か》みちぎったそれを、もうひと振りで路上へ吐きとばし、獣はさらなる惨事を少女に与えようとふたたび地を――

その足下に、なにやら叩きつけられ、破砕音とはねを散らしたのは、次の刹那であった。

獣は停止し、物体を見下ろした。

森へと消えたもう一頭の首を。

木立の間から、闇の中でもまばゆい姿が現れた。

両手に扇剣を摑んだライカであった。

「姉の方か――しかし、ギャンダを斃《たお》すとは驚いた。公爵様が途中で討ち取れと命じた理由が、やっと腑《ふ》に落ちたぞ」

低い唸《うな》りが夜気を怒気で染めた。

仲間を斃されたもう一頭の怒号であった。

「だが、まずいことをしたな。兄を葬られた弟――ギャンゴの怒りがどれ程のものか。これはおれにも見当がつかん。女ふたり――花の生命をここで散らすか」

言い終わらぬうちに、巨豹に変化が生じはじめた。

輪郭がどんどん巨大化していくではないか。

高さは五メートル、体長は一〇メートル。それは闇を圧してそびえ立った。

「以前、テラーズ公爵の暗殺に向かった車輌《しやりよう》部隊が全滅し、車はバラバラ、人間はひとり残らず行方不明になったと聞いたけど、犯人はこいつだね」

見上げるライカの言葉には、驚愕《きようがく》と恐れが濃い。

「けど、女ふたりに大した刺客《しかく》ね。テラーズ公って臆病だとは聞いてはいないけど」

「そう謙遜するな――〈東部辺境区〉の『ダンシング・クイーン』と言えば、Dを凌《しの》ぐ腕利きの貴族ハンターだ。現にギャンダが殺られた。今度は油断なしで行くぞ」

「あんた――名前は？」

とライカが訊いた。

「テラーズ公麾下《きか》の刺客部隊アニラオン卿《きよう》と覚えておけ」

声と同時に、もと黒豹が走った。信じ難い速度でライカとダイアンに襲いかかる。瞬間移動とも見紛《まご》う速度の先で、骨が砕け、肉の裂ける音が闇を怯えさせた。

驚きの声が上がった。

アニラオン卿の眼が限界まで見開かれた。

巨獣が彼方から跳ねとび、彼の足元に蹲《うずくま》った。姿は、元の黒豹であった。その口と太腿から迸《ほとばし》る血は、街道の土に吸い込まれる前に、アニラオン卿の長靴《ブーツ》を黒々と浸した。

「お生憎《あいにく》さま」

森の入口でライカが嘲笑した。

「あたしも、相方も、四つ足ごときの餌になるほどなまっちゃいないわよ」

ライカが相方――ダイアンの方を向く前にアニラオンの眼が吸いついていた。

片手で剝ぎ取った肉の塊を、くちゃくちゃと咀嚼する少女の可憐な口もとを。

「化物が」

呻くような声に含まれた驚愕は、しかし、大胆不敵な物言いに化けた。

「情報不足だったが、それを責めても仕方がない。取り敢えずは役立たずめを」

獣を放した左手が上がった。月光に光るものは手槍《てやり》であった。

苦鳴が上がった。アニラオンはそれを、足下の黒豹の頸部《にいぶ》に突き立てたのである。どれ程の力《パワー》と速度《スピード》が成し遂げた技か。ひと声上げたきり、獣は動かなくなった。そして、塵《ちり》と化すまで二秒とかからなかったのである。

「あーら、シビアな飼い主様だこと」

ライカが高い声を上げた。わざとらしくて憎々しい。

「ワンちゃんに当たっても仕方がないでしょうに。訓練不足だったのね、アニラオン卿。そのツケは自分で払うことよ」

降り注ぐ月の光を一閃《いっせん》が薙《な》いだ。

アニラオンの首へ投じられた舞扇――折り畳み可能な金属で出来たそれは、難なく彼の首を切断し、ライカの元へと戻ってくるはずであった。

まさか、かん高い響きとともに垂直に打ち上げられるとは。アニラオンの手槍の手練だ。

だが、息を引いたのは、ここでもアニラオンであった。

彼は扇剣を跳ね飛ばした手槍を、そのままライカに投擲《とうてき》した。同時に左手で抜き取ったもう一方の手槍をダイアンに投げつけたのである。

一秒とかからぬ神速の妙技。だが、この姉妹なら易々《やすやす》と躱《かわ》してのけたに違いない。二本の槍が数十本に化けぬなら。

ダイアンは心臓に槍を受け、ライカもまた。そして他の槍は消えた。幻だったのだ。

「貴様たちは――」

アニラオン卿は呻いた。彼は右手を首すじに当てた。手槍の間から、黒血が首を伝わりはじめた。

アニラオンの頸動脈を断ったのは、ライカの放ったもう一枚の扇剣の仕業《しわざ》だ。だが、それを放つより早く、アニラオンは右の手槍をライカに投げつけていたのだ。相討ちはあり得ない。

ライカの前に片手を広げていたダイアンが、あどけない笑みを見せている。その心臓と右胸から生えているのは、アニラオンの手槍だ。この少女は、心臓に攻撃を受けた身で、ライカへの手槍をも受け止めたのである。

「先廻りして斃せ――テラーズ公のお言葉が真に理解できた。『ダンシング・クイーン』よ、また会おう」

アニラオンは後じさり――踵《きびす》を返した。その背中に、

「いいえ、アニラオン卿――あなたはまだわかっていないわ」

とライカが投げかけたのである。

彼女は街道へ出た。二枚の扇剣は胸に当てられていた。

その横で色彩が躍った。回転したのである。悩ましい肢体に当たる月光が粒となって消えた。

それらは全て、色彩《いろ》がついていた。

一枚目は――青
二枚目は――銀
三枚目は――赤
回りながら、ライカは遠くにいるのかも知れない。

逃亡する貴族の後ろ姿を向いた刹那、彼女は右手の扇を放った。

真紅の涙が月光を弾いて、闇に呑まれる寸前のアニラオン卿を縦に裂いた。

「おれの他に四人おる。会ったことを後悔する凄腕ばかりだぞ」

二つに裂けた大貴族は、こう言い放つや塵となって地面に降り注いだ。


「あと四人」

ライカは両手の扇をふって血を払い、折り畳んで懐に収めてから、立ち尽すダイアンをふり返った。ライカを見ていてもその死闘に気づかぬものはいたかも知れないが、こちらは息を呑むだろう。

小ぶりな乳房の上に深々と二本の手槍が突き刺さって、胸も腹部も血の海だ。もっとも、これは巨大化した黒豹の生肉を食らった名残りであった。

少女は右手を凶器にかけ、ひと息で引き抜いた。鋭い穂に血の一滴もついていない。

「苦労をかけるわね」

「ううん、ちっとも」

ライカは微笑して、ダイアンとともどもアニラオン卿の消滅地点まで行き、何かを拾い上げてから二人して幌馬車に戻った。

「手当してくる」

ダイアンは馬車の内部《なか》へと入り、ライカがDのかたわらに腰を下ろして、

「どちらに礼を言えばいいの？」

と聞いた。

「ほう、わかったのか。思った以上の腕利きじゃの」

答えたのは勿論《もちろん》、左手だ。

「あれがカンマ一秒遅れていたら、逃げられていたわ。あんたがしたの？」

「いいや。今だと伝えただけじゃ」

Dの右腕の位置が、前よりずれていることに、ライカは気づいていた。

「返すわ」

と街道から拾い上げた品を、Dの左手に乗せた。

白木の針であった。

「これが足を射たお蔭《かげ》でアニラオンは逃げるのが遅れた」

と言った。カンマ一秒の意味はこれであった。そして、アニラオン卿は塵と化した。

「でも――どうやって？　眠りっ放しなのに」

「わしにもわからんちんじゃ」

左手が少し呆《あき》れたように、少し惚《ほ》れ惚れと言った。

「こ奴は勝手に動いた。奴自身も何をしたのか覚えておらんじゃろう」

「私達の役に立ってくれたことも？」

「頼まれもせんのに他人のために何かするような男ではない。おまえたちに助けてもらったと胸のどこかで意識していたのかも知れん」

「眠りっ放しで？」

ライカは眼を丸くした。

脳が眠りについたまま、この世にも美しい若者はライカたちへの借りを意識し、それを返そうと考えていたのだろうか。だからといって、いや、そうだとしても凄まじすぎる。

散り乱れる思いを、

「テラーズ公爵の復活祭が目的地とはな。いや、察しはついていたが、現実となると少し気になるわい。しかも、復活を阻止するために赴く、か」

「あたしたちはハンターよ。依頼が来たから受けるだけ。相手が貴族だろうと知ったことじゃないわ。テラーズ公だろうが、ご神祖とやらであろうがね」

言い切った途端、ライカは左胸を押さえた。

「どうした？」

「いえ。急に——胸が苦しくなって、まるで——」

「——何かが刺さったようにか？」

答えはない。ライカは馬車の方を見ていた。幌からダイアンが出て来るところだった。別の衣裳を着ている。それどころか、失った左腕が復活しているではないか。

「どうしたの？」

とライカが訊いた。

「わからない。何となく不安になっちゃって」

「傷は？」

「大丈夫よ。でも――凄い胸騒ぎ」

「原因は？」

「その男《ひと》」

白い繊指《せんし》が指さす相手を見るまでもなく、ライカは馬車に近づき、少女の頭を優しく撫《な》でた。

月光が黄金の流れを照らし出す。

「心配はいらないのよ、ダイアン。すぐに落ち着く。それまで話しましょう」

少女はうなずき、ライカと一緒にDのところへやって来た。

じっとDの顔を見下ろし、低く、ああと洩《も》らした。

「あんたまで狂わせるとは――罪な男よね」

ライカも相好を崩したが、どこか、深い部分が硬い。精神の弛緩《しかん》を、和やかさを、静謐《せいひつ》を、
この若者は許さないのだ。

「私たちより、彼を雇ったほうが良さそうね」

ライカが苦笑を浮かべた。

「敵は復活を祝される大貴族——強敵過ぎたかな」

それは口にしてはならぬ呼びかけだったかも知れない。二人の女は迎撃部隊のひとりアニラオンを斃した。だが、本来なら最低でもひとり——ダイアンが死に、アニラオンに逃亡されてもおかしくはない状況だったのだ。それを阻止したのは、眼を閉じている若者であった。

そして、あと四人。

「ま、闘《や》るしかないわね」

ライカの言葉を深い闇が吸いこんだ。

3

五日後に、幌馬車は〈7号街道〉の涯——「ラランジュ」に到着した。

昼に近い時刻《とき》であった。

〈東部辺境区《セクター》〉第四の都市と呼ばれる街は、おびただしい尖塔《キューポラ》が三本の川に影を落とす光景で名高い。

もうひとつ。

テラーズ公爵の居城がそびえる街なのだ、と。貴族の直轄領では、領主が滅びても、人々はその影響から逃れることが難しい。

御者台で、ライカが周囲を見廻し、

「なんか辛気臭いわねえ」

と揶揄《やゆ》のように投げたのは、その辺を見事に衝《つ》いた言葉であった。

広い石畳の道を循環馬車が行く。荷物を載せた幌馬車が通る。人々の服装はさすがに洒落《しゃれ》のめして、地方都市にしては、見る者が拍手を送りたくなるほど色彩《いろ》とりどりだ。

何処かでジンタが鳴り響き、３Ｄ画像のサーカス隊が空中を通り過ぎて行く。

巨大な一輪車に乗った軍人と、縫いぐるみの巨人軍団は、街が放った賑《にぎ》わいの一環だろうか。

だが、笑いさざめく人々の顔は、すぐに表情を失い、恋人たちの語らいも、歩みも、精密な人形芝居のようだ。

誰もが、何もかもが、黒に変わる前の不吉な灰褐色を貼りつけている。

「仕方がないわ」

と幌から顔を出したダイアンが世界に迎合しようとする。

「テラーズ公の領地内ですもの。何千年経っても、その影から逃れられないんだわ。でも生きてくのに不自由なさそうね。他の都市や田舎とも人間や物資の往来はあるし、公爵の残した貴金属や鉱物の採掘事業や元素転換工場も何とか稼働しているわ。〈辺境経済圏〉ではプラス７評価。公爵が滅びても、びくともしないなんて、〈都〉の学者連中が、今でも驚きのあまり、研究の対象にしているのもわかるわね」

「詳しいのお、不死身のお姐《ねえ》ちゃん」

嗄《しゃが》れ声である。

「今度、お姐ちゃんと呼んだら、八つ裂きにするわよ」

「ホイホイ。しかし、人が多いのお」

一瞬、沈黙が固まり、すぐに
「復活祭だからかしら」

と、ライカが低く告げた。薄笑い付きである。

「墓地まで送ってくれ」

と左手。

「へえ、陽光症には墓地に埋めるのがいちばんの薬だと聞いてたけど、本当だとは思わなかった。任せといて」

鞭《むち》が唸り、馬車は風を巻いて、川沿いの道を走り出した。

十分とかけずに到着した墓場は、木立ちの下に乱雑に並んだおびただしい墓石が、無縁墓地と告げていた。

身寄りのない行き倒れや旅人たち、悪行の果てに命を落とした無頼漢たちの殆《ほとん》どが長靴《ブーツ》を履いたまま埋葬されるため「ブーツヒル」の別名がある。

ひときわ太い幹と大枝の目立つジュアンの木を見つけ、左手は、

「あそこが良い」

と指差した。

女二人でDの身体を下ろし、木の根元に運んだ。

「ご苦労ご苦労」

左手が人さし指と親指でグーの形を作った。

「埋めたら、あと、どれくらい？」

とダイアンが訊いた。Dの復活までの時間だ。

「そうじゃのお」

左手が答える前に、街の方からサイボーグ馬の足音がやって来た。

七人の男たちが三人を囲むまでに一分とかからなかった。

どいつも戦闘士――崩れだ。凶悪な顔つきと破れ目だらけの衣裳と、腰の火薬銃、蛮刀《ばんとう》、手弓等がそう告げている。全員が馬から降りた。

「何じゃ？　テラーズに雇われたか？」

と左手が訊いて、男たちをひるませた。

「手がしゃべったぞ」

「そのぶっ倒れ野郎もハンサムの度が過ぎる。死体にしとくには勿体ねえ」

驚愕に歪《ゆが》む声へ、

「質問はしたわ――手がね」

とライカが声をかけた。

その腰の帯にはさんだ舞扇がどんな変化を見せるか、凶漢たちは知らぬ。

「おう、テラーズ公に言われて、おめえらを始末しに来たのよ」

ひとりがにやつきながら凄んだ。懐手《ふところで》をした胸元から火薬銃の銃把《グリップ》が覗《のぞ》いている。

「けどな、女二人だ。殺すにゃ後味が悪《わり》い。馬車を置いて街から出て行きな。公爵はうまく騙《だま》しとく」

「あーら、お優しい方たちね。でも、バレたら大変よ。殺されるだけじゃ済まないわ」

男の顔に青すじが浮かんだ。

「おめえらのために言ってるんだぜ」

「お気持ちは嬉しいけど、帰って公爵にお伝えなさい。女どもは礼儀知らずだったとね」

「野郎」

と呻いたのが誰かはわからない。

全員が武器を構えた。

ライカが微笑した。

声がかかったのはそのときだった。

「公爵様にドヤされるぜ」

全員の眼が声の方を――ライカの左方を向いた。

そこだけ墓石の代わりに土が盛られた場所であった。

声はその向うからした。

「食い詰めたゴロツキが、女二人を狙うのはいいが、公爵様の名をかたるのは許せんな。おれが成敗してやる」

不意を衝かれた驚きから、火薬銃を手にしたひとりが、盛り土に駆け上がった。

「てめえか!!」

叫んで銃を下へ向ける。そして――上へ。銃声と火線は男の顎《あご》から入って頭頂へ抜けた。仰向けに倒れた男の全身に血と脳漿《のうしょう》が降り注いだ。

何が起きたのか判断しかねて、立ちすくんだ男たちと盛り土の向うから、ゆっくりと別の男の上半分が起き上がり、すぐに全身が立ち上がったのである。

背中と尻をぱんぱんとはたくのは、じかに横になっていたらしい。

派手な模様のポンチョに鍔広《つばひろ》帽を被った男であった。

「誰だ、てめえは⁉」

すでに血気した男たちの眼の前で、ポンチョの男は、にんまりと笑った。

「テラーズ公の用心棒さ。おまえらみたいなゴミを退治するためのな」

そして、

「ああ、月並みな台詞《せりふ》すぎるな。これでも劇作家志望なんだが。また自信がなくなったぜ」

その顔が巨大な帽子に化けた。男が顔を下げたのである。

白い矢がその頭部を貫いた。ポンチョ男の左胸に弾痕が開《ひら》いた。

帽子が上がった。

帽子のトップから男の顎まで抜けたはずの矢は消えていた。弾痕もまた。

目を見張った男たちは、かたわらの苦鳴を耳に止めた。

いま、矢と火薬銃を放った男たちであった。矢はポンチョ男の頭頂を射抜いたのを皆が目撃していた。その矢がなぜ、射手の頭頂から顎を貫いているのか。もうひとりの胸元から血が噴きはじめたのは何故か。

悪夢を見たような面持ちの男たちの前で、ポンチョ男はにっこりと笑い、二人の射手は地に伏した。

「おれの名はベン＝ラッド。皆殺しにする前に、おまえらの名前を聞いておこうか」

鬼気さえ湛《たた》えた男――ラッドのひと声で、男たちは悲鳴を放ちつつ駆け去った。

「意気地なしどもが。あの足で街から出て行くさ。心配はいらねえよ」

ラッドの言葉に、ライカは微《かす》かに口元を緩めて、

「礼を言うわ。でも、あなた本当に公爵の用心棒？　そうは見えないわ」

「そうかい？」

ラッドは明るい笑みを見せた。

「実は単なる旅の戦闘士《ハンター》さ。あと三日で大公の復活だ。それまでここはトラブルの街だ。治安官の助手は幾らいても足りねえ。あんたたちもそこが狙いだろ？」

「当たり」

とライカがウインクしてみせた。

「そして、もうひとりのお姐ちゃんは——再生人形《リターン・ドール》か」

「あら、よくおわかりね」

と応じたライカに驚きの風はない。

「三人目——ひっくり返っているハンサムは誰だ？」

ラッドの口調は明らかに変わっていた。危機を告げる電波が全身を駆け巡っている。

「誰かしら？」

ライカがわざとらしくとぼけてみせた。

「身体中の毛穴が緊張で広がってるぜ——Ｄか？」

「大当たり」

ラッドが驚愕の眼を見開いた。御者席の左手に気づかなかったのだ。無理もない。どういう料簡《りょうけん》か、左手は自らを自切してライカの腰の後ろに引っ込んでいたのである。

「どうしてわかった？」

ラッドはすでに気を取り直していた。

「テラーズ公爵の復活の日に、〈辺境区〉一のハンターが来ねえわけがねえ。公爵に生き返られちゃあまずい連中は、〈辺境〉の中にゴロゴロしているぜ。一千年前、テラーズ公の心臓に杭を打ち込むのに、どれだけの人数と時間がかかったと思うんだ？」

「その通りじゃ。公爵は柩《ひつぎ》の蓋が閉じられるときに、こう言い遺した。余が再び眼醒《めざ》める前に、死んでおいた方がいいぞ、とな」

左手の声には明らかに揶揄と皮肉があった。

「そのときの加害者たちは全員死んだが、誰ひとりまともな死に方をしてはおらん。子孫にもそれは受け継がれた。そして、いま残っているのは十人に満たないと聞く。みな三〇前に死ぬだろうて」

「公爵は、もう戻りかけているのかしら？」

ライカが、聞くともなく聞いた。答えを期待している口調ではなかった。

「昨日、大きな地震があったのは知ってるな。あれが、その印だと言われてる。さっきもあった」

ラッドの視線をライカは真正面から受けた。

「おかしな疑いをかけないで。迷惑だわ。あたしたちは、復活祭でささやかな金儲《もう》けを企んでるしがないダンサーよ」

「だが、Dが一緒だ」

「お休み中よ、陽光症」

「おやまあ、するとあんたたちはDの護衛役ってわけか。そりゃ大したもんだ」

陽焼けした顔が、心底からの感嘆を叫んで、背を向けた。

「縁があったらまた会おうぜ。物騒な奴らに気をつけろよ——そうだ」

肩越しに光るものがライカの足下に落ちた。十センチほどの木の小笛であった。

「危《ヤバ》そうな目に遭ったら吹きな。何処にいても飛んでくるぜ」

「ありがとと」

ライカは足下の笛を拾い上げて、幌の方へ放り投げた。

ラッドは盛り土の向うから、全長一メートルほどの小型走行車《バイク》を持ち上げ、それにまたがった。

「ほんじゃ、ここで」

とライカがちょっと、と声をかけた。

「ねえ、行く前に手伝ってよ」

とラッドを見つめた。

「何をだ？　真っ平だぜ」

「ダイアン、お願いして」

幌から少女が現れ、ラッドに微笑した。

「お願いします」

戦闘士《ハンター》は宙を見上げて、やれやれとつぶやいた。

「確か土の中に埋めるんじゃなかったっけ？」

ライカが左手に訊いた。陽光症からの回復法である。

「その通りじゃ」

「あばよ」

ラッドのバイクが唸りはじめた。

「でも、ここまで付き合ったんだからさ」

とライカがねだるように言った。

「毒を食らわば皿まで、ですね」

とダイアンがダメを押した。

「お願い」

ライカの声の先で、ラッドが目を剝いた。

バイクのエンジン音とともどもラッドが憮然《ぶぜん》と走り去ると、二人の娘は、

「さよなら」

と声をかけた。眼は土から覗くDの顔を見つめている。

「またね、と言わんのか?」

これも土から出ている左手が訊いた。

「もう会えないかも知れないからね。〈辺境〉の挨拶を知らないの?」

「あばよ」

「それよ、それ」

ライカは手綱を取ってサイボーグ馬の尻を叩いた。

第二章　慇懃《いんぎん》なる招待

1

若い美女が鞭《むち》をふるう幌馬車《ほろばしゃ》が、街の中央通りを、馬車用広場へ向かう途中、一台の馬車とすれ違った。漆黒《しっこく》のそれが進む道の果てに何があるかを知っていれば、美女はふり返っただろうが、今日は誰が何処《どこ》へ行こうと気にしている場合ではなかった。

空にはもう花火が上がっている。火花がとび散り、爆破音が落ちてくる。通りには様々な化物たちが往来し、狼男が牙《きば》を剝《む》き、七色のゴム製のスライムが通行人を吞《の》み込んでしまう。市民、農民、流れ者、旅人の別なく、浮かべる表情は明るい。心底、その復活祭を楽しんでいるようだ。

「おかしな話ね」

幌馬車の美女はつぶやいた。

「貴族の復活を祝う人間なんて、〈辺境〉の何処でだってきいたことはないわ」

　幌の中から声が、

「なら、貴女《あなた》はどうして来たの？」

「稼ぐためよ、あんたを使ってね」

「ホントに？」

　2つ目の声には、明らかに揶揄《やゆ》が濃く含まれていた。

「ホントよ」

　断ち切るような返事には、しかし、しばらくかかった。


　黒い馬車は、市街の西の端に点在する「工作地方」へ入った。幌馬車とすれ違ってから一時間半の疾走であった。一平方キロに満たない土地に煉瓦《れんが》造りや木製の工房が立ち並び、窓からは火花が、煙突からは油脂まじりの黒煙が噴出し、何処からともなく、鋼を叩く響きやモーター音が重く鈍く流れてくる。

　人の姿も稀な通りを走って、馬車は石造りの建物の前に停まった。

　ドアは自然に開いたが、誰も出て来ない。馬車からうす緑の豪奢《ごうしゃ》なドレスを着た女が降りて、内部《なか》へ入った。御者《ぎょしゃ》は知らん顔である——というより、いつもこうなのだと思われた。

　狭い部屋が迎えた。天窓がひとつあるきりで、午後遅い煙のような光だけでも、隅々まで見えた。椅子が二つ。奥のドアに近いのは、木製の丸椅子で、手前は傷みに傷んだ肘掛けであった。

女がためらいもせず肘かけ椅子に腰を下ろすと、奥のドアからきしみ音とともに、あらゆる色を縫い合わせたようなガウンをまとった老婆が現れた。髪は意外に黒い。代わりに外へ出ている皮膚は皺《しわ》の巣だ。

老婆はうす緑色の女を見た。老婆の両眼は閉じられていた。盲目なのである。

「来たね、ヴァミア」

干からびた唇から出る声は、うすくつぶれていた。

「来たわよ、スフラ婆《ばあ》」

女はうなずいた。顔は首のつけ根まで白い布に包まれていた。目に当たる部分にのみ包帯が一文字に裂けて、青い瞳がのぞいている。

「出来ているわよね？」

「約束通りにのお。おいで」

スフラ婆は女に背を向けて、現れた木の戸口を抜けた。ヴァミアも続いた。

その痩身から異様な気配が放出されている。憎悪の念だ。

居間よりも遙《はる》かに古い石造りの部屋はこちらも天窓しかなかったが、光の下のものはすべて歪《ゆが》んでいる風に見えた。光の具合ではなく、ヴァミアの放つ鬼気のせいかと思われた。

天窓からの光が意外に広く落ちている床の、少し奥に、長さ三〇センチほどの白木が山と積まれていた。その太さと長さを見ただけで、〈辺境〉の人間なら目的は察せられる。

白木の山の前に、丸木を尖《とが》らせるための自在旋盤と作業台が置かれていた。

ヴァミアの眼は台上に置かれた白い品に吸いついた。楔《くさび》に。

「あたしひとりの力じゃどうにも完成しなかった」

とスフラ婆は陰気な声で言った。

「――それじゃあ？」

ヴァミアの視線の方角が変わった。老婆は言った。

「ヤクセン師の手を借りた。それまで削った木は三万本――三万と一本目に」

スフラ婆は台に近づき、その上の品を摑《つか》むと、鋭い先端を眺めた。

「これなら、公爵を斃《たお》せる。二度と復活祭は開けないよ」

ヴァミアの呼吸《いき》は低く浅く変わっていた。それでも声は出た。

「――でも、あなた……〝ヤクセン師の手〟を使ったら……私も伝説しか知らないけど……使った者の生命は……」

スフラ婆は答えず、楔を握った手を、ヴァミアの方に向けた。

「見てごらん。ここから、切っ先までの角度、先端の鋭さ――神々しいじゃないか。とうとうあんたの望みが叶《かな》ったよ。これなら、テラーズ公の息の根を止められる。けど、一本だ。それ

きり無い。誰の手にも渡さないように。これだけは心してお持ち」

「ええ」

楔は ヴァミアの手に渡った。

「楔の出来を見てみるかい？」

「はい」

二人は奥の部屋へ入った。

そのとき、街中に絶叫が膨れ上がった。おびただしい叫びは、こう口を揃《そろ》えていた。

「――灯《ひ》が⁉」


廃墟《はいきょ》は領地を一望する丘の上に存在していた。

いま、明りの点《とも》った室内で、埃《ほこり》を払った黄金の燭台を手にした男は、執事の服を身に着けていた。

「あと三日ですな」

と話しかけた相手は、煉瓦色のロング・ガウンの背に長刀を負った隻眼《せきがん》の男であった。左眼は虚ろな空洞だ。隠す意思もなさそうだ。

「五千年だ」

男はひび割れしそうな声で言った。

「テラーズ公の死と同じ日に復活の祭りは始まり、以後一度も中断はない」

「左様でございます。バグラーダ卿《きょう》」

執事服は同意した。やや低い声には、憎しみを付け加えると似合うであろう。

「今日まで待った甲斐《かい》があると思うか。ガタラ？」

「はて」

バグラーダ卿は蒼《あお》い闇に閉ざされた窓の方に眼をやった。

「この部屋の明りを目撃した連中は、今頃上を下への大騒ぎであろう。テラーズ公爵が本当に戻ったとな。ここは私の城だが、住いの区別もつくまい。どうだな、ガタラ、おまえの見解は？」

「はて」

「断言せぬ男だったたな。だからこそ、五人もの貴族の執事をこなせて来たのだが。テラーズ公爵はおまえの最後の主人となるか？」

「はて」

「ふむ、おまえは三千年、公に仕えてきた。その結果、彼を愛しておるか、それとも――」

「はて」

と執事服――ガタラは同じ口調で応じ、

「公の護衛システムはすでに作動しております。敵はすでに『ラランジュ』へ入りました。死闘が繰り広げられるでしょう」

「テラーズ公は、これまでに三度滅んでおる。そのたびに大災厄が世界を襲った。初回は陸地の三割が高さ千メートルの津波に襲われ、二度目はアステロイド・ベルトから無数の隕石《いんせき》が地上へ降り注いだ。三度目の滅びの際は、世界規模の大地震が、貴族の城の七割を地中に呑み込んだ。だが、復活のときは――」

「お忘れ下さいませ」

とガタラが引き取った。

「この世のあらゆる生命体から拭い去らねばならぬ記憶でございます」

「そのとおりだ。なのに――復活の祭りは必ず行われる」

バグラーダ卿の声は暗黒の地底から噴き上がるようであった。

「テラーズ公は、最後に塵《ちり》と化す前にこう言い残した。〝次の滅びの時はもう訪れぬ。余は永《えい》劫《ごう》にこの世に生き続け、人間どもの血を吸い尽くしてくれる〟と」

「仰《おお》せのとおりです。それ故にあなたも甦《よみがえ》られました」

ガタラは呪文を唱えるように言った。

「もう一度、果たさなければならぬのか。あの滅亡の悲劇を」

「いたしかたありません。テラーズ公を斃し得たのは、あなたおひとりでした。今回もまた」

「三度彼を斃し、私は老いた」

「しかし、公は甦ります。復活祭の意味はお分りでございますな？」

「今となっては、私以外は誰も真実を知らぬ」

「左様でございます。ですが今回は最も多いです、ハンターどもが。狩人の勘が働いたものでしょう」

「――Dもおるか？」

「踊り子の姉妹も」

「『ダンシング・クイーン』」

バグラーダ卿は虚空の一点を見つめた。そこに描かれた見えざる絵が、黒衣のハンターか、絢爛《けんらん》たる踊り子たちのものかは、わからない。

「あなた様のご活躍は、公が甦る寸前からでございます。いましばらく隠忍の時をお過し下さいませ」

そして、テーブルに置かれた空《から》のワイングラスに、ワインの瓶の中身をなみなみと注いでから、執事姿は音もなく背を向けた。

その足音が彼方へ消える前に、バグラーダ卿はグラスを取り上げ、一気にあおった。

喉仏が一度だけ動き、空のグラスを戻しても、呼吸《いき》は元のままであった。

唇に一粒、紅い珠《たま》が残った。

舌で舐《な》め取った。眼まで届くのではないかと思われる長い舌であった。

「やはり甘い。やはりそそられる。甦るなテラーズ公。私にまた同じことをさせんでくれ」

遠い天井から舞い下りる光の下で、それは悲痛そのものの言葉であった。


馬車用の広場にいる「ダンシング・クイーン」の下へ、十名ほどの男たちが訪れたのは、その深夜であった。

「我々は、〝ラランジュ〟の復活祭担当委員会の者だ」

と灰色のマント姿の老人が名乗った。他の者もみなマントと頭巾を身に着けていた。そして、五人は剣《つるぎ》と槍《やり》を、残りは弓と矢を。

「わしはルオ。委員長だ。そちらがトネア――副委員長だ」

「何の用?」

と御者台から尋ねたのは、妹――ダイアンであった。

「その馬車にDがいると聞いた――力を貸してもらいたい」

「生憎《あいにく》だけど、彼は森の中で治療中よ。身動きできないの」

男たちは顔を見合わせた。

「陽光症か?」

「そう」

老人がにやりと笑った。

「それは好都合だ。これ以上芝居を続けなくとも済む」

「でしょうね」

ダイアンは無表情に言った。

「こんな時間に訪れてくる貴族の復活関係者――どなたかしら？」

声もなく、老人以外の男たちが宙に舞い――停止した。重力調整装置ではなく、一種の念力によるものと思われた。

瞬間、銀雨のような槍と矢が、ダイアンと幌を貫いた。

女の悲鳴が上がった。幌の中から。

「やったぞ」

ルオ老人が噛《か》みしめるようにつぶやいた。

「いかなハンターでも身動き出来ねば矢衾《やぶすま》、槍衾の運命じゃ。『ダンシング・クイーン』もだらしのない」

突然、空中で苦鳴が湧いた。首を垂れた男の心臓を、一本の矢が貫いていた。彼が放ったものだ。それが幌の中から打ち返されたのであった。

「うっ⁉」

矢での叫びだ。

「げっ⁉」

槍の仕業《しわざ》だ。

そして声にならぬ苦鳴。

十四人の刺客《しかく》は、二手を打つ前に即死したのである。

「まさか――どうやって⁉」

ルオ老人は石のように直立したままだ。

「誰に頼まれたか知らないけれど、テラーズ公爵じゃないでしょうね」

御者台で十本近い矢を受けていたダイアンが、ひょいと身を起こした。

片手で払うと、矢はあっさりと地上に散らばった。

「貴様――『ダンシング・クイーン』とは何者だ？」

「内緒よ。当ててごらんなさい」

ダイアンの姿がかすんだ。

それは瞬時も経ずに、十数人のダイアンと化して、老人を取り囲んだのである。別人のようにきらびやかな衣裳は、頭を覆ったターバンとふくらんだズボンからして東方のものか。どのダイアンも手に七色の数珠を握っていた。

廻《まわ》りはじめた。おびただしい姿が、ひとつに見えるほどの速さで。

灰色の瞳にそれを映しつつ、老人は歯噛みした。

「呼雷《こらい》」と叫んだ。

虚空から、おびただしい光が降りそそいだのは、次の瞬間だった。

木の幹が裂け、幌が燃え上がった。ダイアンが数体に分かれ、そのどれもが光に刺されて、ひとつにまとまった。その隙にルオ老人は消えていた。

「逃げたのか――いいえ」

ダイアンの眼は虚空の一点を睨《にら》んでいた。老人の消滅地点を。

「逃げられるつもり？　あたしの踊りを見たくせに」

「ダイアン」

幌馬車の方から、ライカの声がした。

ふり向くと、御者台で、はや手綱《たづな》を握っている。

「死体が多すぎる。行くわよ」

「はあい」

軽やかに跳躍して、御者台の隣にすわり込み、地上の死体を見下ろして、

「仕留めたのは、お姉さま――相変わらず凄いなあ」

ライカはうなずいた。

鞭のひとふりとともに、サイボーグ馬は走り出した。

何処へ？

森を出たところで、ルオ老人は長い息を吐いた。息は途中で止まった。彼の喉仏を圧して、七色の数珠が食い込んでいたのである。鈍い喘鳴《ぜんめい》を一度きり放って、老人は窒息死を迎えた。

2

あと二日。誰もがそう思っていた。
花火は昼夜尽きることなく打ち上げられ、飛行楽団《バンド》は威勢のいいジンタを鳴らし、合わせて身を揺する実演者たちは、片端から花々を通りに放って、味気ない道と通行人たちを華麗に染めていく。
何処かから声が上がる。ひとことだけ。
あと二日
あと二日
あと二日
それから、
戻ってくる
戻ってくる
戻ってくる

「よっぽど素敵なご領主様のようね」

とライカが、揶揄するように言った。彼女は頭大の布を肩から下げて、街なかを歩いていた。素行は見物中の旅人だがそう見えないのは、絢爛たる振り袖の衣裳と太腿《ふともも》ぎりぎりまでスリットの入ったスカートのためである。そこから露出する太腿をモロ見してしまった四、五歳の男の子が、

「あらー」

と呻《うめ》いて棒立ちになった。

さらに数丁進むと、カーニバルの中心というべき円形広場に出た。〈辺境区〉から集まった芸人たちが、あちらでトンボを切り、こちらで長い剣を呑み込んで、子供たちの眼を丸くさせ、大人たちの眼は、即席の舞台で踊りまくるダンサーたちの脚線美に貼り付いている。

陽光松明《たいまつ》や巨大飴《あめ》を振る人々の間を走り廻っていた一輪車の道化師《ピエロ》が、ふうっとライカの下に走り寄ると、一枚の封筒を手渡して、走り去った。

封を切り中身に眼を通して、ライカは、あら、とつぶやき、不敵な眼差しを、前方──西の丘へと翻した。鮮明な城の形が、青空を切り抜いている。

「テラーズ城からのご招待状とはね。あたしが誰だかわかっているの、公爵さま？　心臓に杭を打ち込まれてから気づいても遅いわよ」

ピエロはいつの間にか広場を出て、街の東へと向かっていた。何本もの煉瓦造りの通りや、ひと気のない工場街を通り抜け、何本もの橋を渡った果てに、木立ちに囲まれた一軒の家が現れた。

屋根付きガレージの内部《なか》に、黒い馬車と四頭のサイボーグ馬が佇《たたず》んでいる。真鍮《しんちゅう》のベルを鳴らすと、黒いドレスの女が現れた。ヴァミアであった。

一輪車に乗った道化師は女を凍りつかせたものの、すぐ化粧の下の顔をほころばせて、ヴァミアにも封筒を手渡した。

「あなたは——テラーズ公の……」

女がつぶやいたときにはもう、道化師と一輪車は道と木立ちの間に姿を消していた。

居間の椅子にかけて、中身を読んでから、

「まだ二日あるのに——テラーズ公め、どうやって私の存在に気がついたのかしら。舞踏会へのお招きが来るとは思わなかったわ」

夕暮れ近く、廃墟の一室に灯が入ったとき、ソファと溶け合っているように見えた人影に、ようやく動きが生じた。

「使者が参りました」

と灯を入れた男――ガタラ執事が言った。声は笑いを含んでいた。

黄金の盆に載せた封筒を差し出し、煉瓦色のガウン姿――バグラーダ卿が読み終えてから十秒待って、

「招待状でございますね」

と言った。

「確かにな。届けに来た者はどうした？」

「一輪車に乗った道化師でございます。恐らく、五千年前から変わってはおりますまい」

「ご苦労なことだ。退屈というものを知らぬらしいな。呼ばれた者は他にもおるか？」

「復活祝いの舞踏会は、復活の二日前、招待は四名と決められておりましょう」

「ふむ。確か市民やハンターも含まれておると聞くが」

「左様で」

「では、来るか――Dも？」

「『ダンシング・クイーン』も」

「やはり、あの二組か」

「先を越されそうですな。ここは先に手を打たねば」

「だが、奴らは手強《ごわ》い。刺客どもはみな殺《や》られた。ま、あの二人にしてみれば、小手調べだが

な」

「Dはともかく、女ふたりが二日を待つとは考えられませんが」

「わかっておる」

「また、Dもいつまでも身を癒やしておるとは――」

「わかっておる。テラーズ公の心臓に楔を打ち込むのは、わしだ。でなければ――世界は――人間の世のみではなく、われら貴族の世界も崩壊するしかないぞ」

「打つ手を選ばねばなりませぬな。それも早急に」

煉瓦色のガウンが、湧き上がる雲のように立ち上がった。

「二日と待てぬ招待だ――行かねばなるまい」


「そろそろ出るわよ」

手綱を握って、ライカは幌の中へ呼びかけた。

「いつでも」

ダイアンの可憐《かれん》な声が返って来た。

周囲は闇である。

一時間後、馬車は市の中央部にそびえる巨城の南門の前に辿《たど》り着いた。

盛大な花火の輪と爆発音が城を取り巻いている。城の窓には別の光が点っていた。舞踏会の準備に飾っているのか、その途中か。

光と影が馬車と城とを包んだ。

御者台で、ライカは招待状を門扉に突きつけた。

巨大な姿にふさわしい響きを立てて、それは左右に開いた。

堀はない。門上の監視房にも人影はなかった。

背後で扉が閉じ、代わりに、合成と知れる男の声が、

「そのまま、玄関へお進み下さい」

と告げた。広大な庭である。花火に浮き上がる前方の城や尖塔は百キロ先にありそうだ。

手綱を握ろうとしたとき、左手、西の門の方からごつい馬車が走り寄って来た。

「戦闘馬車よ。バグラーダ卿かしら」

ライカの左隣りに坐ったダイアンが愉《たの》しげに口に乗せた。女二人――〈辺境〉にその名を轟《とどろ》かせる大貴族の敷地内で闇に包まれているにもかかわらず、怯《おび》えの風はまるでない。

しかも、この二人――バグラーダ卿の名を知っているものか。

五メートルと離れず右方に進んだ馬車の扉には、たしかに卿の紋章が描かれていた。

「『ダンシング・クイーン』か？」

馬車の何処かから響いて来たのは、卿の声であった。

「当たりよ。バグラーダ卿。お噂《うわさ》はかねがね」

「ほう。どんな噂だね？」

優しく穏やか、とさえ言える声である。

「皆が知っていることよ。テラーズ公の五千年に亘《わた》る宿敵だとか」

「……」

「もうひとつ」

ダイアンの声である。

「あなたは公の息子だとか」

少し間を置いて、低い重い声が、花火に照らし出された。

「わしも聞いている。おまえたちはどう思う？　北と西の〈辺境〉で、並ぶ者なき貴族ハンターよ」

「情報不足よ」

とライカが応じた。

「それに——どうでもいいことだわ」

「その通りだ。見たところ、城内はいまだ準備に忙しいらしい」

「召使いどもの職務怠慢よね」

とダイアン。

「やむを得まい。長い時間《とき》を隔ててのパーティだ。過去の手順など記憶の外だろう」

「あら」

とダイアンの声が驚きを湛《たた》えた。

「もう一台――東から来るわよ」

天井で瞬く光が、身分の高い家の馬車だと告げた。紋章はない。すぐに二台と並んだ。ライカが、バグラーダ卿の馬車へ、

「私は、今夜の招待者を、あなたしか知らないけれど」

「わしもだ」

「私は存じています」

馬車から若い女の声が流れて来た。やや怯えを含んでいる。他のメンバーと状況を考えれば当然だ。

「私はギンズベルグ家の娘です」

「ほう」

と言ったのは、バグラーダ卿である。

「ラランジュの最高名家ではないか。確か、娘御がひとりのみ生存していると聞いたが、そなたであるか。ならば、今夜の招待も不思議ではないな」

「思い出したわ」

とライカがうなずいた。

「確か——千年前、今のところ最後の復活を遂げたテラーズ公を滅ぼそうとして、一族皆殺しの憂き目を見た家系よね。へえ、ひとりだけ生き残ったの。良かったわね」

「……」

「招待状の意味はわかってるわよね？」

ライカは続けた。

「残ったテラーズ公にとって邪魔になると思われてた連中が、この館へ招かれ、ひとりとして戻って来なかった——あなたの家族もそうだったと耳にしてるけど？」

「仰《おつしや》るとおりです」

その声は闇と同じ色をしていた。

「根絶やしというわけね。よく生き延びて来られたことね」

「千年前、私の先祖はラランジュを離れ、〈西部辺境区〉に逃げました。ギンズベルグの名を隠し、別の血脈の者として生きて来たのです」

「そのままでいれば良かったのに——しつこい根くら男ね、テラーズの野郎」

「いいえ、私も曽祖父母の口から、テラーズ公のことは聞いておりました。たとえ最後のひとりになろうとも、彼を滅ぼせ、というのがみなの望みでした」

「テラーズ公はそれを知っていたか、それとも——運命かも知れぬな」

バグラーダ卿の馬車は虚空に浮かび――すぐ闇に閉ざされた。

前方から伝わる轍《わだち》の響きに気づいたのは、バグラーダ卿であった。

「城からの使者だ。いよいよ準備が整ったらしいな」

ライカが城の方へ耳を傾けた。

「ワルツの調べよ。楽団《バンド》の準備も整ったようよ」

共通の決意のような透明のきらめきが三組を貫いた。

それに身を任せようとしたとき――バグラーダ卿がぽつりと、

「わしは西から来た。おまえたちは南、この娘は東門をくぐった――足りぬな」

「北が、ね」

ライカが念を押すように言った。

「はい」

ヴァミアが保証した。

北から誰が来る？

最も凍てついた氷と闇の方位。そこから誰がやって来る？

城の方からやって来た轍の音が三組の前方で停止した。四頭立てである。胴に描かれた黄金と紅玉《ルビー》の紋章は、テラーズ家のものだ。

「ようこそのご入来《じゅらい》で」

と御者が声をかけて来た。

「今宵参加はならさぬ公から、最善のおもてなしを命ぜられております。私めはケイガン・ビュー——最高執事でございます。では、みなさま、私めの後を——と申し上げたいところですが、それは」

「ひとり足りんか」

闇の中でバグラーダ卿の声がした。

「奴が来なければ、どうなる？」

「招待状は四枚。一枚分が欠けても、案内はいたしかねます」

「では、私たちはどうする？　このまま帰るか？」

「門をくぐられた以上、それもなりませぬ」

「じゃあ、どうすればいいのかしら」

ライカが愉しそうに聞いた。

「城へも行けない——帰れない」

ダイアンだ。もっと愉しそうである。

ヴァミアは無音。もともと肝っ玉の大きさが他の連中とは違う。怯え切っていてもおかしくはない。

「さあ」

と、ライカが促した。

「まさか、招待客をここで――」

相手はそのつもりだったのかも知れない。

馬車が形を失った。突如生じた闇が呑み込んだのである。いや、馬車が闇と化したのだ。

三組の客を闇が包んだ。

三組の馬車が音を立ててきしんだ。ヴァミアが悲鳴を上げた。全身を押し包む凄《すさ》まじい重量が骨をきしませたのである。悲鳴が続き――消えた。

闇もまた。

馬車はここに残っていた。

三組と執事頭は、ある方角を見た。

ただひとつ残った方角を。

北の闇――その奥から黒い馬と黒い騎手がやって来る。その背で刀身を収める音が鳴った。

その刀の閃《ひらめ》きが闇を裂いたと見た者はいない。

「闇と氷と死の方角から――来たか」

とバグラーダ卿が言った。

「待ってたわよ」

ライカとダイアンが声を合わせた。

ヴァミアがその名を呼んだ。

Ｄ

と。

花火の閃光《せんこう》と轟きがその顔を照らした。ヴァミアが陶然と全身をとろけさせ、ケイガンがよろめいた。

「招待状は受け取った」

と世にも美しい若者は言った。だが、いつ、何処で？

それを口に乗せた者はいない。この若者に人の世の常識は通用しないと全員が認めたのだ。

「これで揃ったわね」

ライカが溜めていた息とともに吐き出した。

「左様でございます」

ケイガンが馬車に戻った。

「それでは、こちらに。会場の用意は整っております」

馬車は走り出した。それを追う三台の馬車に、天空が光と闇をちりばめていった。

年老《ふ》りた貴族の城は、二つのタイプに分かれる。何千年を経ても何ひとつ変わらず創建時の姿を留《とど》めるタイプ——それは貴族の科学力をもってすれば当然のことだ。堅実な自動補修機構がそれを担当する。

二つ目は、こちらは貴族独特の嗜癖《しへき》——懐古趣味による。壮麗な館を手入れもせず、歳月に没するに任せるのだ。

テラーズ城は、前者のタイプに見えた。

三組——馬車を降りた三人を迎えたのは、かがやきと力に満ちたホールであり、控え室であった。

「大したものね。補修機構の出来がよっぽどいいのね」

四方を見廻すライカへ、バグラーダ卿が、

「妹は留守番か？」

と訊《き》いた。ダイアンはいなかった。

「あの娘《こ》は人づき合いが苦手でね。華やかな席は苦痛に思えるのよ」

「でも——ひとりだけ残して、危険じゃありません？」

ヴァミアが前方を向いたまま訊いた。こちらは緊張でガチガチだ。よくここまで来られたと、時折り向けられるライカの表情が語っている。

「こういうときにはひとりでいる方が安全なのよ。危険が襲いかかって来たら、誰の世話にもならず、自力で切り抜けられるでしょ」

「でも、心細くないですか？」

「だったら、〈ギャング〉や町や村の反抗グループに入れば済むことよ。ボスの命令で、やりたいことも出来ず、莫迦《ばか》な兄貴分の盾になるのが平気ならね」

「そういうものですか」

「そういうものよ。あんた頭ついてるの？」

「はい、一応」

何処かで嗄《しゃが》れ声が笑った。

ヴァミアがぎょっと周囲を見廻して身を固くした。

ライカが露骨に軽蔑の眼を向けて、

「あんた、どうして招待されたのよ？　さして復活の脅威になるとは思えないけど」

バグラーダ卿も冷たい眼差しを向けた。

「放っといて下さい」

ヴァミアは口をへの字に結んだ。

「気は弱いけど頑固者――いちばん手に負えないタイプね」

「大きなお世話です。あたしが頑固な臆病者で、あなたに迷惑かけました？」

「かけられてからじゃ間に合わないからよ」

「まあ良かろう。迷惑になるかならぬか、まだ先のことじゃ」

と嗄れ声が割って入った。その声の方向を見て、

「ほお。わがDの秘密の仲間とやらか」

今まで無言だったバグラーダ卿が眼をかがやかせた。

「そういうお主は、聞くところによると、テラーズが復活するたびに始末して来た有名人であるな」

「そうだ。だが今度はどうなるか」

「あーら、バグラーダ卿ともあろう者が、臆病風に吹かれてるの？」

ライカが眼を丸くした。

「少々疲れておるのでな」

「ま、分かるけどね」

ライカは手元のワイン入りグラスを持ってひと口飲《や》り、

「どんな貴族だって、心臓に木の杭一本刺せば塵となる。けど、そうさせるまでがひと苦労なのよね。貴族には大抵ガードがついている。もどきならまだいいけど、貴族志向の人間だったりするとキツいこと。急所を外せば生き残る。盛大に血を吐く。血まみれで眼を剝きのたうち廻る。痛みのあまり自分の内臓を摑み出して暴れる――何百回見ても慣れないわ。次のガードもこうかなと思っただけで、十歳は老けるような気がする。化粧品代が大変。卿、あなたもでしょ？」

「化粧品は不要だが、復活すると承知の上で戦うのもしんどいものだ」

「次はわからないわよ。あなたも公も安らかに眠れるかも知れないわ」

「そう思って闘《や》るか」

バグラーダは軽く笑った。

「ここを出られたらね。ねえ——あなたの後についていってもいい？　この中で只《ただ》ひとり無事に帰れるかも知れない御方」

ライカは笑顔を見せた。相手はDである。窓の外が七色に染まった。

「テラーズは、おれの仕事ではない」

「え？」

ヴァミアが眼を丸くした。ライカがグラスの中身を呑み干して激しくむせた。

「Dという人は、仕事以外のハンティングはしないと聞いています。ここに呼ばれたのは、テラーズ公の復活を防ぐためでしょう。違うんですか？」

「違うのう」

左手が言った。

「では——何故《なぜ》だ？」

とバグラーダの青白い顔を訝《いぶか》しさが包んだ。この大貴族も興味津々と見える。

「向うからのちょっかいじゃ」

「ほお」

バグラーダにもDの状況は理解し難かった。ライカもヴァミアも、きょとんとした眼を向けている。

左手のいうところによれば、彼はテラーズの殺戮《さつりく》など眼中になく、旅を急いでいたらしい。放っておけば通り過ぎたろう。公は最後の敵と接触せずに済んだのだ。それを自ら引き寄せるとは。美しき死を招いたその理由は？

「分かんないけど、あなたくらい美しければ、何でもいいわ。それより、あんたは？　お嬢ちゃん」

「お嬢さん」

とヴァミアは言い返した。

「さっきも言いました。人はなにか訊くときは、まず自分から」

「あたしはテラーズ公の復活を防いで、心臓に杭を打ち込んでやるためよ。それが仕事」

「でも、この祭りには、貴族ハンターが何百人も集まるのよ。その中であなただけが招待された訳は？」

ライカは肩をすくめた。

「さあね——はい、次はあなた」

と言った。

「私の精神《こころ》が招待の理由だとしたら、怨《うら》みです。さっきも言いました」

「どれも一応、納得は出来る。よしとするか」

左手の声で、納得したような雰囲気が一座を支配した。別の声がそれを破壊してのけた。

「ひとつ」

みながDを向いた。

「バグラーダ卿――貴族たるおまえがなぜテラーズを狙う？　今回のみのことではなく」

「気が合わんのだ――と言っても通らないな。彼奴《きやつ》は、わしの従兄《いとこ》に当たるのだ」

驚きが空気を攪拌《かくはん》した。

「親子じゃないけど、血縁関係だったわけね。知らなかったわ」

ライカが髪の毛を片手でたくし上げた。

「誰も知らぬ。ラランジュの者たちも、ラランジュの歴史もな」

バグラーダ卿の両眼に光が点った。花火の音が続いた。

「余はテラーズの最初の復活に合わせて、六千年前からここに住みついた。だが、余とテラーズとの軋轢《あつれき》は、さらに五千年前に遡《さかのぼ》る。テラーズと余は別の土地――〈北〉の果てロレットで、ともに暮らしておった。聞いたことがあるか？」

ヴァミアが舌で唇を湿らせた。それから、

「〈辺境〉が4つに分かれる前に北部に存在したという最も呪われた土地ですね。〈邪地〉と呼ばれていると、古い本で読みました。想像もつかない、貴族の悪徳が支配する場所だとか」

「その通りだ」

　バグラーダ卿はゆっくりとふり向いた。声には恐怖の響きがあった。

「余とテラーズ公がそこで暮らしたのは事実だ。ともに一族の者たちもおった。だが、日々がたつにつれ、余とテラーズとの生き方の差は決定的になっていったのだ」

「貴族が生き方というか」

　皮肉な物言いは左手である。バグラーダは気にする風もなく続けた。追想は怒りも押さえ込む凄惨《せいさん》から出来ているのだった。

「ある時、ある日、余とテラーズはロレットの中央森林地帯で刃《やいば》を交えることになった。だが、やって来たのは奴の母だったのだ。驚いてはならぬ、笑ってもならぬ。あの御母堂は、当時、余やテラーズ、彼女の夫をも凌《しの》ぐ女剣士との名声を博していた。同じ一族の血は、余に戦いをためらわさせた。だが、彼女は息子は斃させぬと斬りかかり、丸一日に及ぶ死闘の果てに、余は左腕を失い、御母堂は倒れた。

　それで終わるはずであった。ところが、余と彼女の闘いの最中に――夜明けの寸前にテラーズは部下を率いて余が館を襲い、バグラーダ一族の者たちすべてを虐殺したのだ」

「〝ロレットの朝の死〟とはそれだったのですね」

　ヴァミアである。この娘はそれなりの知識は得ているらしかった。

「テラーズは余をも襲った。だが、我が一族との闘いは長引き、彼の軍団の殆《ほとん》どは、我が一族もろとも陽光の下に潰《つい》えたのだ。塵と化しつつある者の心臓に剣を立てた者が、それも塵と化していく。それほどの無惨な闘いを他に知っておるか。彼らが余を襲うには、夜まで待たねばならず、そして、その時、余と部下たちは、余の祖父が蓄えていた〝時だまし〟の松明を手にした人間どもを先陣に、眠れる彼奴の下へ押し寄せ、夜を昼と錯覚して身動きできぬ彼奴を串刺しにしてのけたのだ。

バグラーダとテラーズ――一族の憎悪はここに到達点を迎え、テラーズも我らもロレットの国を去って、旅立った。テラーズはこのラランジュに生き残った一族の基盤を置き、余もこれに倣った。この経緯《いきさつ》については長くなるので省く。やがて、五千年前に余はテラーズをはじめて斃し、甦る彼を更に死滅させること都合三回――ここに四度目を迎えることとなった次第だ」

「因縁よね」

ライカが疲れ切った声を出した。気力も体力も消耗し尽くしていたに違いない。

「そう言うおまえも、常ならぬ理由によって招かれたと見るが」

「あたしも考えてみたけど、なーんにもないわ。招いた方に訊くしかないわね」

「私も――です」

とヴァミア。

「望みは公の滅びだけ。本当にそれだけです」

「いえ」

ヴァミアは身を固くして、うつむいた。頑なな姿に嘘《うそ》は絡みつかなかった。

「よかろう」

とバグラーダがうなずいて、Dの方を見た。

「この娘はなお信じられぬが、おまえも同類だ。テラーズのちょっかいとやらを聞かせてもらいたい」

「そうよ、そう、しゃべんなさいよ」

ライカが膝を叩いた。

「ラランジュは通過地点に過ぎなかった」

とDは言った。染まりっ放しのヴァミアの頰が、さらに紅くなった。左手が引き取った。

「だが、領地へ入ってすぐ、こ奴は陽光症に罹患した。そこで急遽、地面へ埋めて数日過ごそうとしたのじゃ」

ライカが、ははーんと手を打った。

「だが、単なる陽光症と異なり、三日を経ても完治せぬ。この病には、数日どころか数十年の治療を必要とする例もあるが、こ奴に限ってそれはあり得ん。三日目で妖術によるものと判明した。幸い、徒歩一日のところに、妖術師の住まいがあった。わしは旅人に金をやって、妖術師の来訪を依頼した。その翌日に、妖術師は陽光症が呪いによるものであり、この原点はラランジュの一地点にあると告げたのじゃ」

「その地とは？」

　バグラーダの眼が光った。

　そのとき——部屋のドアが開いて、天井から、

「お待たせいたしました。皆さま、どうぞこちらへ」

「いよいよじゃ」

　と左手が言った。

第三章　それぞれの物語

1

先頭に立ったのは、バグラーダ卿《きょう》であった。ライカ、ヴァミアと続き、しんがりがDだ。

ドアの向うには、最盛期の貴族の宴はかくも、と思わせる光景が整えられていた。

西の壁に整列した楽士《マン》とシャンデリアの光を撥《は》ね返す黄金の楽器たち、大理石の大テーブルに盛られたワインと果物《フルーツ》、食材の数々。飢えた人間なら歓喜のあまりショック死を迎えそうだ。

壁際に並んだ闇色の夜会服の男たちと血色《ちいろ》のドレス姿の女たちを見て、ライカが、あーあと息を吐いた。

「あいつら、みーんな貴族？」

「いや、この城の貴族はテラーズ公夫妻のみだ。地下の柩《ひつぎ》に隠れているわけでもあるまい。機械人形《オートマタ》か——幻だ」

バグラーダ卿のこの言葉の後で、ヴァミアが男女に視線を注いだまま、

「幻――嘘《うそ》」

とつぶやいた。うっとりと。

「ちょっと――憧れちゃ駄目よ」

ライカが釘《くぎ》を刺したのは、ヴァミアに危険なものを感じたからであった。

人間と貴族の世界の差は、それを眼にしたとき、桁外れ《けたはず》の衝撃を持って無垢な人々に襲いかかる。貴族の文明に触れて精神が崩壊した人間の学者たちもいるのだ。まして、〈辺境〉の片田舎しか知らぬ娘たちなど、絢爛《けんらん》華麗な一端に触れただけで、自己喪失に陥った例は枚挙に暇《いとま》がない。

四人の背後で扉が閉まった。楽団が高らかにファンファーレを吹き鳴らした。

「偉大なる貴族テラーズ公の復活祭最大の催し――舞踏会《ボール》を開催いたします。その前に、今を去ること一千年前に、塵《ちり》と化したテラーズ公が遺した遺言状により、本日ここに招かれた名誉あるゲストをご紹介いたしましょう」

シンバルが轟《とどろ》いた。

「ミス・ヴァミア・ハクシュネア」

拍手が上がった。礼儀は守られている。

またシンバル。

「ミス・ライカ・クルセイド」

どよめきが生じ――しかし、すぐに拍手とともに収まった。

「バグラーダ・ファントム卿」

十倍のどよめきは、驚きと憎悪の混交であった。

「――そして――ハンター〝D〟」

さらに十倍するどよめきは、憎しみと恐怖――畏怖の炸裂《さくれつ》であった。

「なによ、この差は」

ライカが憮然《ぶぜん》と口にした。自分と比べたらしい。それから、

「まーしゃあないか」

とつぶやいた。

「お招きにあずかり感激の至りだが、正直何ゆえ招かれたのか、納得しかねる。理由を伺おう」

バグラーダ卿が天井を見上げて言った。丁寧だが強い口調である。女性陣がうなずいた。ライカは大きく、ヴァミアはこぢんまりと。残るひとりは、身じろぎもしない。

返事はすぐにあった。

「正直に申し上げよう。あなた方は全員、我がテラーズ公の復活に異を唱える方々だ。いま、そうと認識していない方々もいるかも知れぬ。だが、星辰《せいしん》は語る。牙《きば》を剝《む》く連中を選び出せ。

そして、今日、この会場で始末せよ、と」

「やだ」

ヴァミアが、右隣りのライカのドレスの袖を握りしめた。

「それは愉《たの》しい趣向じゃのお」

いきなりの嗄《しゃが》れ声に、ヴァミアが全身を震わせた。

「噂《うわさ》に聞くDの相方どの」

天井の声は無感情に言った。嗄れ声は笑いを帯びた。

「我らを始末するのに、わざわざこのような趣向を凝らす必要もあるまい。意図を明らかにせい」

「見たいものがある、とテラーズ公の仰《おお》せじゃ。一千年前からの」

「何じゃい？」

「ワルツだ」

「？」

そのとき、全員の頭の中に、？マークが点灯した。

「一万年以前、テラーズ公は、ご神祖の夜会で白いドレスの女性とご神祖がワルツを踊るのを見た。決して忘れられぬ思い出となって、公の胸に刻み込まれた。もう一度あの華麗で切ないワルツが見たい。公はあらゆる技術と予知能者を駆使して、その女性の血を伝えるものを捜した。そして一千年前、ついに望みを叶《かな》えたのだ」

「四人もいたのか」

　バグラーダ卿が皮肉な口調で言った。

「四人まで絞ったのだ」

　と天井の声は応じた。

「そのために、公は不死の力の源を枯渇させ、おまえたちのひとりの手にかかってしまった」

「我が勝利は僥倖《ぎょうこう》であったか」

　バグラーダ卿が肩をすくめたが、怒りの風《ふう》がないのは、当人も理解しているらしい。

「まあ良い。今回はそうは言わさん」

　続いて天井の声が、

「おまえたちの誰がワルツの主かは、今もわからん。だから、公は本日の夜会を催したのだ」

「どうやって、見分けるのよ？」

　ライカが小莫迦《こばか》にしたように訊《き》いた。

「その女の血を引いてるのが男か女かも分からないでしょ。どうやって――そうか、ワルツでライズ――ダウンか」

「だが、ワルツの実力を発揮させるには、相応のパートナーが要るぞ。それも男女それぞれ一名ずつ。その用意は？」

「出来ておる」

と声は静かに告げた。

ドラムがせわしなく音を刻み——シンバルがとどめを刺した。

そして、四人は、奥の扉の前に忽然《こつぜん》と立ち現われたひとつの影を目撃したのである。

「ご紹介しよう。一万年の歳月をかけて造り出された夜のダンサー——ダミアン・マリア・クロロックだ」

客たちがどよめいた。彼らにも不意の出現であったとみえる。

だが、理由はもうひとつあったろう。

影の主は、Dにひけを取らぬ美貌を持っていたのである。

彼は進み出た。そして、四方に一礼するや、あらためて四人に向き直り、深々と優雅に頭を下げたのであった。

「ダミアン・マリア・クロロックと申します。今宵のお相手を務めさせていただきます」

口上よりも声を聞いたヴァミアが両手を桜色に染まった頬に当てた。ライカですらうっとりとした表情を隠さない。

バグラーダ卿が軽く頭を振って、

「踊りのために造り出された合成人間か——噂には聞いているし、実物を見たこともあるが、これほどの美貌は初めてだ、いや、彼がいなければ、我を忘れるところであった」

ダミアンはその彼を見つめた。

透きとおるような美貌が、どうしようもない速さで薔薇《ばら》色に染まる。

「いえ——私など、とても、及ぶところではございません」

この若者がこのような声を出すのは、初めてのことなのだろう。会場がどよめいた。

「あなたは——D。まさか、これほどに美しい御方とは……」

そのとき、Dの唇が動いた。

「インヨウタイか」

「ふむ」

左手の相槌には、奇妙な感慨がこめられていた。

ライカが申し出た。

「ねえ、ご存知かどうか——あたしもダンサーの端くれなのよ。〈辺境〉中の地方ダンスはこなせるわ。ワルツもよ。こんなゴージャスな所でステップ踏んだことはないけどね」

じろ、と若者を見て、

「まずはあたしと踊ってみない？」

明らかな挑発であった。

「その前に——列席者のダンスを見ていただこう」

と天井の声が宣言した。

「いずれ」

ダミアンがライカに微笑を送って後じさり――ホールの真ん中へ進んだ。指揮者がタクトをふり上げ、楽団《バンド》が高々と前奏を吹き鳴らした。天井を飾るシャンデリアが光輝を震わせた。

過去に魅せられた貴族たちの美の到達点の幾つかは、人間のそれらと一致した。舞踏もその一例であった。

人間よりも数段優れた反射神経と肉体を備えた貴族たちの踊り《ワルツ》は、数少ない目撃者の口から伝わり、彼らの種的衰退によって伝説となった。

四人の前で、人々はステップを踏んだ。

その合間をクロロックは幻のように縫い、客たちすべてとカップルを作った。

ヴィオラの余韻を残してステップが熄《や》んだとき、バグラーダ卿の洩《も》らしたひと声が、舞踏の評価となった。

「これは――驚いた」

五〇組を超すペアのひとつにクロロックが加わると、そこだけが輝いて見えるのだ。彼自身のみならず、パートナーの舞踏もまた光を放つのだった。

「これ以上のダンスはないわ」

呆然《ぼうぜん》たるライカのつぶやきに、

「はい」

ヴァミアが同意し、

「有機アンドロイドよりも完璧な踊りとはのお」

と左手も呻《うめ》いた。

舞踏《ダンス》は終わった。

演奏もまた。

「いかがかな？」

天の声が降って来た。

「クロロックのダンス――あれを凌《しの》げぬ限り、諸君は生きてこの城を出られぬ。この部屋《ホール》で陽光砲《ソル・キャノン》の標的になっていただこう。勿論《もちろん》、貴族とダンピールは、復活する前に楔《くさび》を打たせてもらう」

太陽光と等しいスペクトルと熱量を放射する陽光砲は、貴族同士の争いの過程から生まれた兵器だが、効果は太陽の表面温度による物体の燃焼に留《とど》まり、貴族は灰から復活する。そのとき、楔がとどめを刺すのだ。楔の滅亡兵器としての由来はここにあった。

だが、ライカとヴァミアの灰は風に吹き散らされてしまう。声は続けた。

「延命のチャンスはひとつ――おまえたちでペアを選べ。そして、クロロックが敗北を認めるまで踊るのだ」

居並ぶ人々の眼が、四人に集中した。

「さて——誰が出る？」

バグラーダ卿が三人の方を見た。

「私は——ワルツは踊れません」

ヴァミアがうつむいた。

「あたしは大丈夫よ」

ライカが不貞腐《ふてくさ》れた調子で右手を上げた。

「さっき言ったけどこれまでに——踊ったわ。二回も」

「わしとＤが組むか」

バグラーダが眉をひそめた。満更でもなさそうだ。というより、大いに乗り気らしい。

「男同士は認めぬ」

声が冷たく言った。それに抗うように、

「ここは私に」

と申し出た若者に、四人の視線は集中した。

しなやかな影が優雅に立ったのは、Ｄの前であった。

おお、限りなく玲瓏《れいろう》なるその顔が、うっすらと紅く染まっているではないか。そればかりか、

「眼が丸くなりました」

喘《あえ》ぎ声であった。

誰もが世の最も美しい舞踏の光景《シーン》を思いやった。

Dは、しかし動かない。

若者の顔を絶望と怒りが塗りつぶした。

「私では不満でしょうか？」

そして数秒の沈黙を経て、Dを除く三人は驚愕《きょうがく》の眼を見開いた。

ダミアン・クロロックの顔の輪郭がわずかに崩れるや、その全身が奇妙なまろみを帯びてきたではないか。眉がうすく細く変わり、喉仏が引っこむ代わりに、胸の隆起がせり出してくる。

「陰陽人か」

バグラーダ卿がつぶやいただけで済ませたのは、〈辺境〉では珍しくもない生物の変化の故か。以前に目撃していたためか。

おそらく「変幻加工」済みの服もまばゆい真紅のドレスに化けて、

「私はマリア。いかがでしょう？」

すうとダンスの形《フイガー》を取った両手に、しかし、Dは変わらぬ無表情で、

「任せよう」

とバグラーダ卿の方を見た。

どよめきが室内に満ちた。

機械仕掛けのアンドロイドたちまでが驚愕したのである。それほどに、ダミアンから変じたマリアは、女の可憐《かれん》と妖艶《ようえん》がひっそりと、だがこの上なく濃厚に噴出する美女なのであった。

この女を無視するとは。

マリアの顔は怒りに歪《ゆが》んだ。当然だ。だが次の刹那《せつな》、それは可憐素朴な乙女の笑みに変わって、一歩退《しりぞ》くや大きく身を翻して奥のドアへと滑るように走り去ったのであった。

「忘れませぬ。いつか——いま一度」

声だけが残った。

「相手が無しではワルツは踊れんな」

バグラーダ卿が一同を睥睨《へいげい》した。

「さて、どうする。拒否したのはこちらだが、逃亡したのはそちら側だ」

「ワルツが為されなかった以上、諸君を待ち受ける運命は同じだ」

と声は言った。

「今ここで死を——」

身をすくめたのはヴァミアだけで、残る三人は全身の力を抜いた。戦闘態勢に入ったのだ。

そのとき——

「お待ちなさい」

金鈴のような女の――しかし、元老院の大物貴族でもこうはいかんと思われる重々しい声であった。

「その客人たちは、私が預かりましょう」

と宣言した。

天上の声は愕然《がくぜん》と――

「ミノラール――お妃《きさき》さま⁉」

2

絢爛壮大な声は踊り手たちが登場した西の戸口からした。

飾られた花や天井のシャンデリア、壁のタピストリー――それを忘れさせる朱のドレスをまとった女であった。だが、まばゆい宝石の首飾り《ネックレス》よりも、黄金の髪飾りよりも、そのかがやきを虚無に還《かえ》してしまうこの美貌よ。

「最後の妃を見たことはないが――これは眼福だ。テラーズも滅びたくはなかったであろう」

感嘆を隠さぬバグラーダ卿の声を尻目に、妃――ミノラールは粛々《しゅくしゅく》と四人の方へ歩み寄った。

周囲の人々はみな頭《こうべ》を垂れている。

ライカもヴァミアも立ちすくんでいるのは、その美貌ゆえだ。だが、魂まで奪われてはいなかった。

「なんて綺麗《きれい》な」

ライカの感嘆に、ヴァミアが応じた。

「でも――この人のほうが美しい」

ミノラールの足が止まった。ヴァミアの否定が耳に届いたのではない。蒼《あお》い瞳《め》はDを見つめていた。やがて、死を望む嫉妬がその顔を埋めるだろう。だが、いまは――恍惚《こうこつ》であった。

「噂には聞いておった。〈辺境〉を、世にふたりとおらぬ美貌の騎士がさまよっていると。おぬしがDという名の男か？」

低い鋼の声が、

「そうだ」

妃は糸のように息を吐いた。貴族の心臓はいま、人間の羞恥、憧憬《しょうけい》を鼓動中なのか。

「では――一同、ケイガンについて行くが良い。そして、しばしワルツをやめい」

闇が落ちた。夜会服とドレスを暗黒が呑《の》みこみ、楽団も捉えた。そして、ホールの中央に進み出た妃を、天からのひとすじの光が浮かび上がらせたのである。

もうひとつの影がその前に歩み寄った。

ダミアンであった。

妃を前に陰陽人は男に還ったのだ。

左手を上げて妃の指の絡みつくのを待つ若者へ、

「お下がり」

と投げつけられた。

驚愕が美しい顔面に炸裂した。

だが、凄《すさ》まじい精神力を奮って瞬時にそれを打ち鎮め、

「何故《なにゆえ》でございます？」

尋ねた声は平静であった。

「最早、お前と踊るワルツは喪《うしな》われた」

「――あのハンターのせいでしょうか？」

「そうじゃ。あれこそ、わらわの相手にふさわしい踊り手じゃ」

「声が嗄《か》れておられます」

「黙れ」

ダミアンの言葉の毒を一喝し、

「公が喪われてから、わらわのワルツは公の復活のために封じられたのじゃ。だが、それをいま破れとわらわに囁《ささや》く美神が現われた」

「公はお怒りになられますぞ」

「それがどうしたというのじゃ？」

妃の眼は天上の光に向けられ、かがやく美貌は恍惚に溶けていた。

「あの男をひと目見れば、わらわが変節も無理からぬと、公も納得されるであろう。けれど、わらわはそれまで待たぬ。いや、待てぬ。今宵あの男と一曲をともにできれば、朝日の中に朽ちるとも可としよう」

「あなたは、三千年前、私にも同じことを仰《おつしや》いました」

「わらわが真実の声じゃ。相手は関係ない」

「納得いたしかねます」

とダミアンは言った。

「私はワルツの相手として作られた合成人間でございます。そのお言葉に従えば、滅びる他に道はございません」

「下がれと申した」

「私は――」

「下がれ」

ミノラールは若者を指さした。

闇の中から複数の影が現われ、ダミアンを取り囲んだ。

気配で危険を察したか、ダミアンは静かに一礼し、後退した。

「私は踊る――踊ってみせる、あのハンターと」

ミノラールの恍惚と、それとは裏腹の憎悪に飾られた声が、ひとすじの光の中を駆け昇った。

闇の中で、ぎりりと歯のきしむ音がした。歯茎から砕けそうな力で、嚙《か》み合わされたのである。

「下がれ？　下がれ？　下がれ！　あれが私への対応か。これまで最後のステップを踏み終えたときの恍惚の表情は何処《どこ》へ？　お妃さまとはいえど――許さぬ」

歯ぎしり交じりの声に、別の声が応じた。かん高い女の声が。

「許さぬとぬかしても、打つ手はないはずよ。踊るために造り出されたおまえとお妃さまでは、存在そのものが違い過ぎる。誰にも終わるときが来るのよ。捨てられるときがね」

「黙れ、マリア」

「私を憎んでも仕方がないわ。あのハンターの美しさ。相手が悪すぎる。諦めるのが知恵者というものよ」

声の最後は熱く澱《よど》んでいた。

「あの男……ああ……私まで熱くなる……お妃さま……あなたは正しいのです」

「消えろ！」

ダミアンの叫びに闇が揺れた。凄まじい意志が闇中《あんちゅう》にこわばりを作った。

「では、去りましょう」

女――マリアの声は苦しげに、しかし、笑いを含んでいる。

「けれど、私もあのハンターに惚《ほ》れた。お妃さまひとりのものにはさせないわよ」

こわばりが熱を放った。物理的な熱であった。

「あいつは、おれからお妃を奪った。そして、おまえまでも。おれは許さん。必ず近いうちに、奴の心臓に白木の杭を打ち込んでくれる」

憎悪と嫉妬と悲しみから出来た闇は――しかし返事をしなかった。


廊下を進む途中で、一同の前にアンドロイドの執事が現われ、

「こちらへ」

まず、ヴァミアを紫のドアの一室へ導いた。

「こちらへ」

次はライカであった。部屋のドアは白い。

「こちらへ」

バグラーダ卿は、緑のドアに吸いこまれた。

「こちらへ」

Dは四人目の執事が開けた黒いドアを抜けた。

広いが四方全てが石壁に囲まれた牢獄《ろうごく》のような一室であった。岩の圧力がひしひしと迫ってくる。閉所恐怖症を患った人間なら、この広大な室内で発狂するだろう。

「どうするつもりやら？」

左手がつぶやいた。疑念から出来た声である。

「――テラーズ公の家臣どもは、おまえたちを今夜抹殺する気でいる。遙かな過去からそういう指令が出ているのであろう。あの妃はそれを止め、しかるのちに自ら抹殺するつもりでここへ入れたのか？　辻褄《つじつま》が合わんな。家臣に任せておけなくなったその理由はずばり――おまえに惚れたからじゃろう。そうなると、他の三人は危ないぞ」

「承知でここへ来たはずだ」

この上なく適切なDの返事であった。

「放っておけか――ま、それもそうじゃ」

左手もあっさりと認め、

「さて、いつお迎えが来るかのお」

と半ば面白そうに言った。

バグラーダ卿の部屋には、豪華な家具調度の他に、西の壁にもうひとつのドアが嵌《は》め込まれていた。

ひと目見たとき、彼はある記憶を脳内に点《とも》した。ドアの中心から三〇センチほど下の部分に、黒く光るものが生えている。剣の切先《きっさき》であった。

椅子にかけたことも忘れ、豪勇をもってなる貴族は呆然《ぼうぜん》と立ちすくんだ。

ドアが開いていく。

その背後に何かが貼りついていた。いや、貼りつけられているのだ。長い剣の刃で。

ドアは開き続けた。

十歳前後と思《おぼ》しい少年は、床からこれも三〇センチほどのところで宙に浮いていた。

白いシャツの胸と袖口を飾る優雅なフリルが、彼を貴族の血縁と告げていた。心臓を貫かれて消えぬのは、幻のゆえか。

「待っておりました。長い長い間」

と少年は血の気も失せた紙のような唇で言った。

「あなたにこのドアに縫いつけられてから何千年を経たか。お答え願いたい、バグラーダ卿よ。急所を外したことを怨《うら》みはしませんが」

瞳はしかし、なお真紅に染まっている。

「外しはしなかった」

とバグラーダは答えた。唸《うな》り声である。

「それ故にわしはおまえの最期を見ずに去った。まさか長らえておろうとは……許せ」

「許しませぬ。あなたは、父テラーズ公に力及ばぬが故を知悉《ちしつ》していた。そのために、息子である私を人質にして、父に自害を迫った――覚えていらっしゃるでしょうな？」

「忘れはせぬ」

「人質にするのは戦略の一《いち》。それを怨みはいたしません。ですが、私の心臓に背からその刃《やいば》を当てたあなたは、父が自らその胸を突くか、首を斬り落とせば息子を救命すると誓った。父はそうした。黄金の剣で自らの心臓を貫き、もう一本の刃で首を切断してのけた。それを見届けた上で、あなたは私の胸から背まで貫き通した――そうですね？」

少年の声に幽鬼の響きはなかった。むしろ機械に似ていた。異常に勘の鋭いものだけが、その奥にたぎる憎しみと怨みを直感できたかも知れない。

「その通りだ」

バグラーダ卿に首肯した。

「恨み言《ごと》は聞いた。次は望みを聞こう」

「いま、あなたとともにこの館に滞在する存在をひとり滅ぼしていただきたい」

「それは――誰だ？」

ライカの通された部屋の中央には、奇妙な品がふたつあった。

召使いの服装をしたアンドロイドと、高さ一メートル足らずの石の円筒である。近づいて覗《のぞ》くまでもなく井戸だとわかった。

近づいて覗いた。仕方あるまい。直径二メートルほどの真円の内側は、しかし、底が見えなかった。

ライカは水晶のテーブルに置かれていた銀製のグラスをそこへ投じた。

闇に呑まれたそれはついに音をたてなかった。

「どういうつもりだい？」

革のソファに腰を下ろしたが、あの妃が止めに入ったとはいえ、向うに殺意があるのは見え見えだから、どうも落ち着かない。

「バグラーダとＤ。不死者《アンデッド》てのは、こういうときも怖くないのかい」

召使いロボットに向かって、

「ワイン——いちばんいいやつ」

と命じて、自動的に出て来たグラスの中身をひと口飲《や》ったとき、その唇が、ひゅうと鳴った。

常人の耳——どころか、プロの戦闘士でも余程の腕利きでなければ聞き取れぬ音を聴覚したのである。

底辺数十メートルの地底から響く音だからだ。

上がってくる。

底知れぬ暗黒の底から、その音の主がぬめぬめと這《は》い上がってくるのだ。井戸の石壁を。

「そう来なくちゃ」

ライカのつぶやきは、偽りのない興奮が詰まっていた。この美しい娘は、闘うことが芯から好きなのだ。

最早、はっきりと聞こえる。

音は、内側から井戸の縁にかかる五指と化した。

爬虫の吸盤もない、ただの白い女の指である。

「お戻り」

指が十本になったとき、ライカの右手から光のすじが走った。

それは井戸の一部を切り裂き、何の停滞もなくライカの手に戻った。

その前に見えた。

天空一〇メートルに跳ね上がった白いドレスの女の姿が。

顔にかかった長い黒髪の下から、真紅の双眸《そうぼう》がライカを映していた。

「ワルツを踊りに来たんじゃないわね？」

着地した女妖に、ライカは右手に戻った舞扇を構えた。

家を出たときから精神統一術を使っているのだが、震えは熄まず、部屋に入るとさらに激しくなった。

死への恐怖

それよりも——もどきと化す恐怖

さらに深く——貴族の下僕となる恐怖

「嫌よ、嫌」

つぶやく声も震えている。ソファの上で、ヴァミアは激しく自分を抱きしめた。

入って来た戸口の方で、

「怯《おび》えなさいますな」

と男の声がした。少年だとわかった。

なんとかふり向いた。

愛くるしい顔が恭《うやうや》しく頭を垂れた。

「あなた——誰？」

「チェリと申します。ミノラールさまの小姓です。あなたの世話役を言付《ことづ》かりました」

「要りません。出て行って」

「怯える必要などございません」

チェリは微笑を送って来た。美女のような美少年は、フリル付きのシャツの上に、執事用の上衣《うわぎ》をまとっていた。

近づいて来るのを見て、

「来ないで」

とヴァミアは叫んだ。ここは貴族の城だ。人間がいるはずはなかった。

チェリの足は止まらなかった。ヴァミアはベルトから短剣を抜いた。

「およしなさい」

声は背後から聞こえた。

少年はソファの後ろから、ヴァミアの手首に触れた。ヴァミアが気づく前に、短剣は少年の手に移っていた。

「よろしい。これからが二人の時間です」

チェリは薄く笑った。ヴァミアから見えない口元に、白い牙が白々と剝き出された。

3

不意にドアが開いても、Dは身じろぎひとつしなかった。

駆け込んで来たのは、ヴァミアであった。

「どうした?」

左手が訊いた。驚きの響きはない。嬉しそうである。予想通りだったものか。

「襲われました。貴族の仲間です」

一気に事情を話すと、首すじを押さえて、その場に坐《すわ》り込んだ。

「その若いのはどうした?」

左手が訊いた。

「やっつけました」

眦《まなじり》を決して答えた。

「ほお」

声は感心したようだ。疑う気配はない。毒爪を備えた赤ん坊が、プロの戦闘士を斃《たお》し得るのが〈辺境〉なのだ。

「首すじを見せろ」

とDが言った。

「あ、はい」

ブラウスの襟《えり》を開いた。

左手が、

「無事だったようじゃな。あとは――どうやって斃した？」

「ナイフで心臓を。塵になりました」

「そのナイフは？」

「これです」

ヴァミアはベルトにはさんだ武器を抜いてDに差し出した。ちらっと眼をやったきりで、Dは無言であった。ナイフはベルトに戻った。

「しかし、あの妃め、自分が預かるといって襲撃させたか。手間暇をかけよって」

左手が吐き捨てた。

「夜が明けたら、墓を探す」

Dは窓の外に眼をやった。闇に青が滲《にし》みはじめている。嗄れ声が追って来た。

「そして、問うのじゃな。なぜ、テラーズ公が縁もゆかりもないおまえに狙いを定めたか」

夜明け前、貴族の城は音もなく騒々期《そうぞうき》を迎える。

あらゆるカーテンが下ろされ、天窓が閉じられる。光を拒絶する作業を行うのは、召使いの服装をしたアンドロイドたちだ。

皿に盛られた料理も果実も持ち去られ、分解機で原子と化す。使用済みの酒瓶もグラスも同じ運命だ。

最後の清掃を終えると、アンドロイドたちも各々《おのおの》、夕暮れまでの収容所へ戻る。明りの絶えた廊下を歩む彼らの姿は幽鬼に似ているかも知れない。

そして——貴族と「もどき」たち。

一日の眠りに落ちる前、彼らは城内を駆け巡り、空中を飛び廻《まわ》る。伝説のごとく蝙蝠《こうもり》の姿に変わるのは変身能力を持つ者たちだが、地上を走る変身獣たちは、隙あらば跳躍し、牙と爪を振るって彼らを撃墜しようと狂奔して熄まない。理由は彼らにもわからない。吸血鬼《バンパイア》の血を引くものの宿命だと言われる。

それも済んだ頃、陽光に満ちた世界の中で、冷たい血の通った住人たちは眠りに就く。身分によって異なる装飾に覆われた柩の中で。

重い闇の中に柩の蓋の閉じる音が響き渡り、その最後のひとつ——城主の柩を最後に、死の沈黙が城を征する。それは真《まこと》の死の静寂なのか。偽りの死のものかは、いまだに誰もわからぬままだ。

Dは部屋を出た。

「おまえを同じ城に置いて、鍵をかけぬとは大した度胸じゃの、あの妃」

左手の声に、背後のヴァミアもうなずいた。部屋に戻れというDに、必死でかぶりを振ってついて来たのだ。いざという時、Dに見捨てられるのも覚悟の上だろう。

足を進めるにつれ、

「大した城じゃのお」

と左手が慨嘆するにふさわしい光景が広がりはじめた。

廊下の大石を埋める巨像たちは、〈辺境〉の貴族たちが、密かに祀《まつ》り続けている影の神たちを映したものか。朝日の中に浮かび上がったそれらの体表に刻み込まれたひびや破痕は、廊下の床石や石壁に、狂った天工の作品としか思えぬ奇怪な絵図を描き出していた。

「あの――大公の墓は何処にあるのでしょう？」

ヴァミアが訊いた。声に載せられるはずの恐怖は皆無であった。Dといるだけで、そんなもの吹き飛んでしまうのだ。

「貴族の墓というのは、どんなに隠しても、変えられぬ一点がある」

と左手が言った。

「貴族の持つ『気』じゃ。山中に潜《ひそ》もうと、海底の奥深く、或《あ》いは異次元の彼方に身を安んじようとも。『気』はまず一千年以内に柩内に光を満たし、岩も水も次元の断層さえも貫いて、かつわだかまる。時間を考えなければ、移動は無意味だ。場所は造作なく把握される。貴族に残されたのは、防禦手段《ぼうぎょ》の強化のみじゃ」

「じゃあ、すぐにわかるんですね。大公の安置場所も？」

「任せておけ。おお、もう目星をつけたぞ」

Dは足を止めていた。前方には左右への通路が走る交差地点があった。

「危《ヤバ》いのお」

「え？」

ヴァミアの眉が寄った。

「テラーズ公め、この手を使ったか——。どの道を選んでも墓所はある。しかし三択のうち二択は墓暴《あば》きともども超次元へ放出されてしまう仕掛けが施してあるとみた」

「みたって——確実じゃないんですか？」

「残念じゃがの。だが、奴を見ろ。それがわかっているから身動《じろ》ぎもせんだろう。——ん？」

Dが歩き出し、右へ折れたのである。

五〇歩と数えず、弓形門《アーチ》をくぐった。立ち止まりもしないことに、ヴァミアは眼を丸くした。恐怖が身体の芯を鷲摑《わしづか》みにしつつある。〈辺境〉の女性とはいえ、貴族の墓所へ入り込むなど、地獄の入口をくぐると同じことなのだ。そしてこれは——偽りの二択ではあるまい。

門扉はない。入ってすぐ、一〇メートルほど向うに五段の石段と、その上に据えられた石棺が見えた。内部は窓のない闇が詰まっている。薄闇なのは門からの光のせいだ。

「外で待て」

とＤが言った。ヴァミアには逆らいようのない冷たい鋼の指示であった。

「――なら、どうして連れて来たのよ？」

と誰かがちっぽけな声で文句をつけたのは、門の外へ出てからだ。

Ｄが階段を昇っていくのが見えた。

棺に変化はない。

――違うんじゃないの？

と思った。

だが、Ｄは棺のかたわらに立つや、背の一刀を抜いた。ヴァミアの耳は鞘鳴《さやな》りの響きを聴いた。

薄闇に突如、かがやきが生じた。刀身が抜き切れたのだ。

蓋《ふた》も開かぬ石の棺《ひつぎ》へ、Ｄは逆手に握った一刀を突き下ろした。

高い悲鳴がヴァミアの唇を割った。灼熱《しゃくねつ》の痛覚が心臓を貫いたのである。

Ｄは刀を戻した。それは確かに二〇センチもある石蓋を貫通し、それ以上の成果を上げていたのである。切尖《きっさき》の血球《ちだま》を、Ｄはひと振りで散り飛ばして、

「奴はおまえに憑依《ひょうい》した」

と言った。

「え？」

その言葉を納得させる心臓の痛みはすでにない。

「嘘。私は私のままです」

「聞こえるか、テラーズ公？」

Dはヴァミアを見つめて訊いた。

「ああ、よおくな」

ヴァミアは嘆息した。自分とは天と地ほども異なる太い男の声。しかし、しゃべっているのは自分ではないか。

「その娘から離れろ」

「明日にな」

大公――ヴァミアの声は、ひどくかすれていた。

「それまでわしは、この娘の内部《なか》で眠る。滅びさせたくば、この娘を殺さねばならんぞ」

「やめて下さい！」

ヴァミアは叫んだ。それは普通の叫びとして、周囲に流れたのである。

「早く出て行って。私は――自分の胸に杭を打ちこめないわ」

「なら、しばらく留まろう。後で他の奴らと相談するがいい」

「ちょっと――」

ヴァミアは思わず心臓を叩いた。

普通の痛みだ。大公が宣言通り、留まっているのかはわからない。何の変化も感じられないのだ。

「上手い手を使いおる」

左手がやや苦々しく言った。

「これではうかつに手が出せんな。この娘を斬っても、逃げられたらおしまいじゃ」

はじめて凄惨《せいさん》な恐怖を湛《たた》えてヴァミアはDを見つめた
悪霊に憑依される人間は〈辺境〉人の常として、何度も眼にして来た。憑《つ》かれてもさして怖くはない。だが、眼の前の美しい若者は、目的のためなら、平然と自分に太刀《たち》を浴びせて悔いぬに違いない。そのことがヴァミアは死に勝る悲しみであった。

「その点はご安心なさい」

聞き覚えのある美声の主をDは見ようとしなかった。ヴァミアの背後に立つダミアン・クロロックの存在に、とうに気づいていたのかも知れない。

「何の用だ？」

と訊いた。

「その娘さんの内部《なか》にいるテラーズ公――逃げ隠れの出来ないように、手を打ちましょう」

「何故《なぜ》だ？」

「お妃さまからの要望でございます」

「待たぬか、ダミアン・クロロック」

身悶えしたテラーズ公の声であった。

「うぬは――身の程をわきまえぬのか？　たかが人造体の身で、分をわきまえよ。いいや、おまえごときに何が出来る？」

「いま申し上げました。私にはお妃がついておられます」

「おのれ、ミノラール――このような下賤《げせん》の踊り手とつるんでおったとは」

「お怒りはごもっとも。私にその鉄鎚《てっつい》をふり下ろすまで、あと一日お待ち下さい」

「おお、八つ裂きにしてくれる」

「では――お戻り下さいませ」

ダミアンは怒りに歪むテラーズ公――ヴァミアの額に右の拳《こぶし》を押しつけた。人差し指に黄金の紋章が刻まれていた。それが触れるや、ヴァミアは後じさり、その位置で大きな溜息を洩らした。それから、ダミアンを見て、

「お怒りよ」

と言った。

「死は覚悟の上で。ですが、まだ死ぬことは出来ません。大公様の命《めい》といえど、逆らい通します」

「お妃さまのために？」

「いえ」

ダミアンは左斜めに顔だけを向けた。完全に向き直ったのではない。見るのが怖かったものか。

そこに立つＤを。

「これを」

彼は妃の指輪を外し、ヴァミアの右手を取って、その人差し指に嵌《は》めた。

「これをつけている限り、大公は貴女《あなた》から出られません。逃亡の怖れはないということです」

「嫌だわ」

ヴァミアの全身から血の気が引いていった。蒼白な顔で、

「いつまでも、私と一緒だなんて。早く逃がして下さい。こんなもの――」

指輪を抜いて叩きつけようとした手を、Ｄが押さえた。

もがくヴァミアへ、

「おれが預かろう」

と言ったが、ダミアンが異を唱えた。

「残念ですが、彼女の指に収まった瞬間から、他人にとっては只《ただ》の石ころと同様になります。大公は永遠に彼女の元に留まり、彼女の肉体的寿命が尽きても、彼女を動かし続けます」

「操り人形――真っ平よ！」

「わしも真っ平だ」

どちらもヴァミアの台詞《せりふ》であった。

「ねえ、出てってくれません？」

「わしもそうしたいが――ダミアンに言うがいい」

立ちすくむヴァミアの前にDが立った。

空気と――D以外の二人が骨の髄まで凍りついた。

「よさんか」

左手が制止した。

その手が動き、戻ったとき、ミノラールの指輪はヴァミアに戻っていた。

「聞こえるか」

Dが問うた。

返事はない。

「都合が悪くなると沈黙か――ふざけた貴族だの」

左手が呆《あき》れた風に洩らした。

「復活の時まで、この娘の中に居座る気じゃぞ」

「妃の墓は何処にある？」

とＤがダミアンに訊いた。

「存じません」

途端に、Ｄの眼に射すくめられ、

「ほ、本当に知らないのです。私に用があるときは、お妃の方からいらっしゃいます。その指輪も、使用法を告げる声と一緒に、天井から降って来たのです」

「夫婦仲はよろしくないようだの」

左手の声には答えず、Ｄは廊下を歩き出した。

この若者には、陽光も闇に等しいのか、前方に向けた視線は限りなく冷たく、左手はこうつぶやいて、後に続くヴァミアとダミアンの血をまたも凍らせた。

「いまこの娘ごと大公を処分する気でおったろう。指輪ひとつでそれが変わる男ではない。墓の中の妃を脅して、夫の処分法を聞き出すつもりか。それが叶わない場合は、やはり娘を
――」

第四章　陽と影と

1

やがて、Dの足が止まった。

エレベーターを二度使い、おびただしい廊下を巡った時間は二時間を過ぎていた。紫色の扉が行く手を塞いでいる。

Dの右手から六本の針が扉の表面に飛んだ。それは刺さりも撥《は》ね返りもせずに吸い込まれ
——同時にDの右手がまたも閃《ひらめ》いて、飛び返った針を受け止めたのである。

「さすがに、妃《きさき》の墓所じゃ。異次元空間と三重につながっておるわ。こりゃ少々手間がかかるぞ」

「話はできるか？」

「ふうむ」

「できるぞ」

　Dがヴァミアを見た。テラーズ公の声だったからだ。

「どうやる？」

「妻のことは夫に任せておけ」

「断っておくが」

「この娘からの私の分離法と斃《たお》し方を尋ねるつもりだと言いたいのであろうが――大丈夫だ」

　Dはうなずいた。

　しかしながら、こんな奇妙な話はなかろう。自分の抹殺が目的だと知りながら、テラーズは妻を説得して、その手伝いをさせようとしているとしか思えない。

　そもそも何が大丈夫なのか。

「では――やるがいい」

　とDは言った。

「その前に、次元閉鎖を解け。意思の疎通はそれからだ。お手並み拝見と行こう」

「小賢《こざか》しい奴め」

　これは左手である。

「だいたい、貴族という輩《やから》は――」

　悪態が斜め上方への軌跡を描いて、紫の表面に当てられた。

Dの眼が細まる。

それきり――通路を風が吹き抜けた。朝の陽射しは穏やかに二人を包んでいる。今日も和やかな一日になるだろう。

だが――

左手と扉の間から、

「血をよこせ」

と聞こえた。ヴァミアが恐怖の相を浮かべて後じさる。

Dが唇を噛《か》みしめ、わずかに尖《とが》らせた。

朱《あか》いすじが手の甲に当って広がり、すっと消えた。吸収されたのである。

蒼天《そうてん》が病んだか、轟々《ごうごう》たる風の唸《うな》りが、左手と扉の間に吸いこまれた。

「土は館へ入る前に食った」

と嗄《しゃが》れ声が言った。

合わせ目から青い炎が広がるのを、ヴァミアは見た。

「地水火風すべて揃《そろ》った」

嗄れ声と同時に、黒い扉が陽炎《かげろう》のようにゆらめいた。

「おお」

ヴァミアがテラーズ公の声で呻《うめ》いた。

Dが一歩前進して扉を押すや、ゆらめきは混沌に変わり、すぐに渦を巻いた。

渦の中心に人間ひとりが通過できるくらいの空間が生じ、その向うに、絵や彫刻に覆われた通路らしいものが見えた。

「来るか？」

Dがふり向いて聞いた。

「はい」

ヴァミアは少女のように答えた――つもりが、それは自分の声ではなかった。

「ふざけた奴じゃの」

左手が呆《あき》れた。

まずDが、続いてヴァミアが渦をくぐった。

石の床であった。表面も左右の壁も、溜息がでそうな精緻巧妙な意匠で埋められている。翼を持つ蛇、川を呑《の》む竜、いかなる歴史も、このような存在を許さぬと思える奇怪な建造物の群れ。それは何処《どこ》かの世界の果てか、そこにある滅亡か。

あまりの壮麗さ不気味さに、ヴァミアはめまいを覚えた。

「眼を閉じていろ」

とDが言った。

視界は闇に染まっても、感覚は休まなかった。真っすぐに進んでいるはずが地下へと下り、右へ折れたはずが左であった。

　不意に足が止まった。

　眼を開けると、そこは広大な霊廟《れいびよう》の中心で五メートルほど前方に、絢爛《けんらん》たる長椅子がひとつ、無造作に置かれていた。薄い光が揺れている。

　ひとりの女が全身をそこに横たえていた。紫のロングドレスは、何故《なぜ》か屍衣《シユラウド》のように見えた。

「あれか？」

　嗄れ声が聞いた。

「左様」

　とヴァミアが応じた。テラーズの声である。

「呑気《のんき》な女じゃの」

「全くだ——だが、用心せい」

「話せると言ったな？」

　Dが訊《き》いた。テラーズ公への問いである。

「いかにも」

　女が答えた。舞踏会での声である。眼は閉じたまま、珠のように丸い唇も微動だにしない。

　眼覚めてはいないのだ。左手が、

「横着な女じゃのお」

「――用件は、我が夫殿の甃し方であろう」

「そうだ」

　とＤが応じた。冷え冷えとした空間に、異様な緊張が満ちて来るのを、ヴァミアは感じた。

不思議と恐怖はなかった。もうひとりのせいかも知れなかった。

「良いのですか、貴方？」

「良かろう」

「では、教授して進ぜる。ただし条件があるが」

「それは？」

「わらわと踊れ、Ｄよ」

　返事はない。

「どうじゃ？」

　Ｄにとってはどうでも良い言い掛かりだったのかも知れない。

　音もなく影が走る。

「よせ！」

　叫んだのは、テラーズの声だ。

　Ｄの背から光が線を描いた。線は妃――ミノラールの首を横に薙《な》いだ。

　うっ、と放ったのは誰か？

Dは刀身を戻して、ミノラールを見つめた。首すじを押さえた手指の間から、鮮血がしたたり落ちていく。

「私を傷つければ、同じ傷と痛みが攻撃者に生じる。山彦のごとくな」

ミノラールの嘲笑もまた、頸部《けいぶ》からの鮮血に彩られていた。

血がドレスに広がり、しかし、たちまち消えていく。首の半ばまで食い込んだ傷も跡形もなかった。

「難しいことを言ってはおらぬぞ、Dよ。わらわと一曲踊れ。それでおまえの目的は果たせる」

ミノラールの声は、黒衣の背に当たった。Dの前から、ヴァミアは後じさった。

「よせ」

とテラーズが止めた。

「やめい」

驚くべきことに、ミノラールも加わった。

「おい」

これは左手だ。みなDの次の行動を看破してしまったのだ。ヴァミアを斬る、と。

ヴァミアがそのままの姿勢で彼方へ翔んだ。ひと跳び十メートル。テラーズの力であろう。

二度目で廊下へ跳び出し、三度目で次元の穴を抜けた。

Dは追わなかった。ミノラールを向き直る。

「無駄と知れぬか」

妃は嘲笑した。途中で止まった。一刀を右手に、自分を凝視する若者に何を見たか、

「この鬼気は——以前に一度——そのときも私に向けられたものではなかった。なのに血が凍った。今もまた……もしや、おまえは……」

声には死の怯《おび》えが含まれていた。

Dが前へ出た。

「まさか……」

そのひとことが呪文であったかのように、Dは前へのめった。倒れかける体を何とか支え、左手を首の傷に当てた。

血は止まっていなかった。

「私の受けた傷口は治癒するが、私を傷つけた者の傷は治らぬ。いかに優れたダンピールとはいえ、永劫《えいごう》の出血に耐えられるはずもない。さて、どうする？　私と踊るか？」

冷厳たる妃の声には、なお驚愕《きょうがく》と恐怖が揺れていた。

そして、叫んだ。

「何をする⁉」

苦鳴であった。ドレスの膝のあたりに二本の白い針が見えていた。

「抜けはせん」

とDは言った。

「従っておまえは踊れぬ。次におれが戻るまで動かずに待つがいい」

Dは穴の方へ歩き出した。だが、その両膝からは血が糸を引いている。いや、首の傷はなお鮮血を吐いているではないか。

「おのれ、待て」

それこそ血を吐くミノラールの叫びであった。

「外へ出れば、今まで押さえておいた私の子飼いどもが動き出す。夫も知らぬ地獄の傭兵どもが。戻れ、D」

広大な霊廟の中を、叫びは駆け巡り、いつか空しく消えていった。


「急げ急げ――追ってくるぞ」

とヴァミアはせかした。

「何処へ行くのです?」

とヴァミアは尋ねた。

「安全地帯へだ。ここは私の城でな。侵入者への準備は整えてある。でなければ、貴族は安堵《あんど》して住むことも出来ぬ」

「やんなっちゃうなあ」

ヴァミアは愚痴った。

「まさか、〈辺境〉一のハンターに追っかけられるなんて。ねえ、離れて下さいな」

「そうはいかん。私も復活する前に滅びたくないのでな」

「もう復活してるじゃないの」

「精神だけはな。肉体が伴わなければ、完璧とはいえぬ」

「甦《よみがえ》ってどうするつもりなの？」

「私の領地を支配する」

「そして、また滅ぼされるわ。バグラーダ卿《きょう》に」

「裏切り者めが」

ヴァミアは罵《ののし》った。それを聞きながら、溜息がこぼれた。

「でも、今日いちにちは、何も出来ないのね」

「何故そう思う？」

「私に憑《つ》いているからよ」

「甘い女だな」

「え？」

次の瞬間、ヴァミアは床面を見つめていた。何かが風を切った。もとの頭の位置であった。

「矢で射られたぞ。お前が愛するバグラーダ様だ」

とヴァミアは低く言った。

「え？　弓なんて持ってなかったわ」

「奴なら幾《いく》らでも分解して打ち込める」

「でも、あの人も貴族でしょ。陽の光の下じゃ動けないはずよ」

「私は動いている」

「――でも」

言うなりヴァミアは走った。自分でも信じられない速さで、床を滑走する。左右を風が走った。

「離れて！」

と叫んだ。

「このままじゃ、あたしが殺されるわ」

「今日いっぱい我慢しろ」

「嫌よ」

「止まれば射られるぞ。しかし、バグラーダめが、私たちの現状に気づくはずがない。狙われているのは――おまえか」

「えーっ⁉」

何とも奇妙奇怪な独り言を返事しながら、ヴァミアは廊下を右へ折れて、庭園へ出た。

巨大な岩の間を滝が流れている。通路は橋に化け、その下は青い水を備えた広い池であった。

新たな風を切る音を、頭上に聞きながら、ヴァミアは水中に潜った。

水を切って庭へと向かう。水泳は子供の頃からの得意技であった。

人の形が迫って来た。

眼を凝らした。バグラーダ卿ではない。黒い鎧《よろい》をまとった男であった。

「見た覚えがない奴だ」

テラーズ公の声が頭の中で鳴った。

「ここ、あなたの城じゃないの？」

ごぼごぼと叫んだ。

「そうか、ミノラール子飼いの刺客《しかく》だな。ちとまずい」

左右を銀色の光が流れた。

夢中で水を掻《か》いた。

前方に円形の出入口が見えた。

入っても矢は追って来た。

ヴァミアの身体がびくっと震えた。口から気泡が流れ出る。

右の肺を背から貫かれていた。

数メートル先に、上から光がさしていた。

その中を上がった。

広いプールであった。貴族には禁断の水遊びを、この城の主は愉《たの》しんでいた——というより
これもアナクロ好みの貴族趣味であろうか。

自力で這《は》い上がり、タイルの上に倒れこんだ。

「重傷だな」

テラーズの声が重い。

「あなたもでしょ」

言い返すのは、不思議と楽だった。痛みもひどくない。代わりに全身が重かった。

「ここでおまえに死なれては困る。しかし、まあ安堵せい」

水中から人影が浮き上がる。

その黒い顔面を鉄の矢が貫いた。水中で自分の手が、飛来した一本を摑んでいたことを、ヴァミアは思い出した。テラーズの技であろう。

「立てるな？」

「多分」

意外と簡単に立ち上がれた。

「左へ行け」

歩き出したその前方から、別の影が現れた。二メートル近い巨人であった。右手の棍棒《こんぼう》が原始的な凶々《まがまが》しさを湛《たた》えていた。一難去ってまた一難。

2

ヴァミアは立ちすくんだ。〈辺境〉の人間といえども、不意討ちのような出現には、心臓を鷲掴《わしづか》みにされてしまう。

だが、巨人がふり上げ、ふり下ろした棍棒の風斬音《ふうざんおん》を聞きながら、ヴァミアは大きく踏み込んだ。

前のめりになった鳩尾《みぞおち》へ、右手を突き入れたとき、握りしめたもう一本の鉄矢に気がついた。

巨人に投げつけたのは反射運動だと言っていい。

分厚い革製の胴当てを、それは易々《やすやす》と貫き、のみならず五メートルも向うへ跳ねとばした。

人間業《わざ》とは思えぬ膂力《りょりょく》であった。

「腕が痛むか？　胸はどうだ？」

ヴァミアは自分に尋ねた。テラーズ公の声である。

「身体中が。死にそうです」

「筋肉はつながっているのでな」

「出て行って」

罵《ののし》ると同時に、ヴァミアは通路を走り出した。痙攣《けいれん》する巨人の身体を難なく跳び越えてしまう。自分の行動とは思えなかった。

風を切って走りながら、

「何処へ行くのです？」

基本的な問いを放った。

「『護《まも》りの間』だ」

と自分で答える。他人が聞いたら、どう思うか――ふと笑いが口元をかすめた。

同時に、意識が熱を帯びて遠ざかった。肺に受けた傷が、ようやく効いてきたのである。ヴァミアは前に倒れかけ、しかし四五度の傾きから、ぴんと跳ね上がった。

「人間は厄介だな。だが、まあ何とかなる」

背後をふり返り、追手がいないのを確かめると、彼＝ヴァミアは、前と同じ飛鳥の速度で廊下を走り出した。


「まだ、あの娘を斬り捨てるつもりか？」

嗄れ声に返事はない。Ｄは風を巻いて回廊を移動中であった。

「余計なお世話なのはわかっておるが、あの娘に罪はない。取り憑かれているだけだ。テラーズ公を斃すために、彼女を殺すのは、おまえ――」

「おまえらしくない、か」

とDが低く言った。

「そうは言っておらん。似たような状況は幾度となく見ておる。しかし――」

「さて」

とDは立ち止まった。

数メートル前方で、通路は左右に折れていた。

二秒と止まらず、Dは左手を前方へ伸ばした。

「違うの」

とその手が告げた。

次いで左へ。これも、違うと応じた。最後は右へ。

「違うのお」

あり得ぬ否定を告げる声は、何処かためらいがあった。

「どうやら迷路に入ったらしいぞ。いいや、この一角は迷宮だの。何処へ行っても正しく、何処へ行っても間違いじゃ」

Dは無言で前へと踏み出した。

「ところで、狙いは何処じゃ？」

「護り部屋があると聞いた」

「迷路の果て——迷宮の何処かにか」

左手の言葉は、すぐ現実になった。

何処まで歩いても同じ廊下が続くばかりなのだ。

このまま進めば、待つのは永遠に同じ光景だろう。そして、この迷路迷宮の設計者が意図した通り、進めば迷い、下がっても迷いのめくらましの世界と時間が、侵入者の滅ぶまで続くことになる。

だが、Dは十歩と行かずに足を止めた。

「正解じゃ」

と左手が重々しく告げた。確かに何処まで行っても迷いの道が待つだけならば、何処へも行かぬのが最上の道だ。

「この迷路の設計に使用される数式は何だ」

とDが言った。問いではない。単なるつぶやきだ。答えは左手が——

「ドーショー教授の幻想数学の定理じゃな。その88か89であろう」

「いいや、42か49だ」

嗄れ声はあわてた。

「それは限りなく正解に近い。だが、解き間違えば、解答者は原子と化す。おまえといえども、な。88か89ならば、解析には時間はかかるが安全じゃ」

珍しく訴求の口調が混じる声であったが、返事はない。Dは廊下の真ん中で足を止めたまま、両眼を弦月のように細く開いていた。自ら口にした42と49の方程式の解を導き出しているのだだった。

十秒――二十秒――沈黙の白い光の時が流れ、ふっと止まった。Dが眼を開けたのだ。

「解けたかの？」

左手が疑念混じりにそう訊いた刹那《せつな》、Dは走り出した。

何が起きたのかは左手も百も承知らしく、

「急げ。迷路がごね出したぞ」

足下で廊下がうねり、壁が倒れかかってくる。天井も波打って、Dを出すまいとしているかのようだ。その役目を奪われた迷路の最後のあがきであろう。

廊下がDの前方で沈んだ。壁も天井も円柱も吸いこまれていく。

「出口はこの先――いや、この下じゃ」

左手の叫びは落下する構造物に呑み込まれ――次の瞬間、Dは青空の下に立っていた。

庭の一角――池のほとりだ。十歩足らずの先から始まる水の広がりが、蒼穹《そうきゅう》を映している。

「これはまた、おかしなところに出たのお。通路がないわ」

Dは周囲を見廻《みまわ》した。通路どころか建物ひとつ見当らない。何処へ行ってもそれは変わらないだろう。

「迷路の次は幻影だ」

彼は池に眼を向けると、水際まで歩き、ためらいもせずに水へと踏み込んだ。波を蹴立てて腰の位置まで入り、下方の水面を見下ろした。

一刀を抜くと、頭上へ持ち上げ、垂直に下ろした。Dは水鏡に映じた自らの姿を刺したのである。

世界はまた変わった。

風がびょうびょうと渡る絶壁の上に彼はいた。

片膝をついた。猛烈な脱力感が体内を駆け巡ったのである。迷路と幻影の空間を脱出した後遺症であった。

後方から気配と鉄の足音が近づいてきた。

凄《すさ》まじい殺気の層が分厚くDを包みこむ。ふり向くことは出来なかった。今の状態では敵の餌食《えじき》になるばかりだ。

「おれは、ミノラールお妃さま子飼の刺客でギルゴという。Dよ、いま、おまえの背後で、抜刀の姿勢を取っている」

恫喝《どうかつ》の響きなどない淡々たる口調であった。

「おまえの噂《うわさ》も剣の技倆《ぎりよう》も知っている。だが、今の位置ではおれが圧倒的優位だ。好きな時に抜け。おれはひと呼吸置いて斬りつける。それで五分五分だ」

満々たる自信は、自他共に認める抜き討ちの速度に支えられているに違いない。

Dはどう受けるか。

光が弧を描いた——と見えたのは僅か。ギルゴの背に負うた刀身は、半ばまでが陽光を撥ね返している。彼は寸瞬の光が、自分の胴を薙いで過ぎたのを知っていた。Dは、前と同じ片膝をついた姿勢のままだ。

その背後で、腰から両断されたギルゴの身体は、見事に二つに分かれて、上体から地に落ちた。

そのまま動かぬ下半身の前で、Dは静かに立ち上がった。

奔騰《ほんとう》した血は地上に広がるばかりで、Dには一滴もかかっていない。

「確かに早抜きではあったが——相手が悪かったの。A級のハンターでも、あのスピードなら、まず斬られておったろう」

Dはギルゴの上半身を見もせずに、左手を伸ばして、彼の喉笛《のどぶえ》を貫く鉄矢を掴み、引き抜いた。

ふり返った前方に、長弓に二の矢をつがえたバグラーダ卿が立っていた。

「お前を助けた——わかるな?」

風を突き破った声が問うた。

「助けた相手を射《い》るか？」

と左手が訊いた。

弓と矢が下りた。

「私の矢が射抜く前に、お前の剣がこいつを二つにしていた。驚くべき男よ。下で感知した戦いの気も並大抵ではなかった」

その結果、彼は城壁へと上がって来たのだろう。

「陽の下でも歩けるのは？」

と左手が重ねた。

「三千年ほど前に館へ訪れた方に術を施された。一千万分の一ミリの人工皮膚が、陽光と水から護ってくれるとのことだ」

「眠くもならんのか？」

「そうだ」

「誰の術だ？」

問いの主はDに変わった。

「わからん。黒い影としか記憶しておらん。テラーズを甦せたのも、そのお蔭《かげ》だ」

「それはそれは」

左手の声には苦笑が混じっていた。

「奴め、全〈辺境〉をうろついておるか」

「何をしに来た？」

とDは訊いた。バグラーダ卿は即答した。

「知れたこと。あの夫婦を復活祭の前に始末するためだ」

「追いつめたか？」

「ああ、あの娘ともどもにな。胸に一本射ち込まれたらしい」

「おまえか？」

何故か、全身が総毛立つのを感じつつ、

「いや、この城内の保安部隊だろう。奴は多分『護りの間』へ逃げ込もうとしているはずだ」

とバグラーダ卿は答えた。

「まだ追うつもりかの？」

嗄れ声である。

「テラーズは復活前に斃さねばならんのだ。『護りの間』へ逃げこまれたら、正直打つ手はない。追うぞ。おまえはどうする？」

と身を翻した前方を、Dは既に疾走している。いつ脇を抜けたのか、頭上を超えたのか不明のまま、バグラーダ卿は頭をひとつふって後を追いはじめた。

城壁から城内に戻ったとき、Dの後塵《こうじん》を拝していたバグラーダ卿は、初めて声をかけた。

「当てがあるかどうか知らんが、私はテラーズと戦ったとき、この城の内部を熟知しておる。任せんか」

Dは足を止めた。この辺の思い切りの良さは凄《すご》い。

横へのいて、バグラーダ卿を通した。

壮語しただけあって、彼は一度も停滞することなく、廊下を進み、階段を下りて、直径三メートルばかりの丸穴の縁に辿《たど》り着いた。

「別のルートもあるが、これが一番の近道だ。深さ三百メートル――降りられるか？」

勝ち誇ったような声を、白光が薙いだ。

「うおっ⁉」

と叫んだが、Dの刃《やいば》が届く寸前、バグラーダ卿は自ら穴の中へと飛び下りた。

ごおごおと鼓膜を破らんとする空気の唸りが果てた瞬間、二人は黒い鉄扉の前に立っていた。どちらも着地音をたてなかったのは、神技に近い体術のお蔭だ。

「ここが『護りの間』だ」

バグラーダ卿の声を背後に、Dは走った。あと十歩のところで、バグラーダ卿にふるったままの抜身を前方へ投げた。

驚くべし。刀身は鉄扉を貫いたではないか。否、鉄と見えるその万倍の硬度を誇る特殊鋼の扉であった。それを刀身半ばまで貫き通すとは。いや、違う。扉は閉まる寸前だったのだ。糸のように残る隙間へ、Dは刀身を挟みこんだのであった。

バグラーダ卿が扉のところまで走り寄って来た。

「残念——正しくひと足遅れた」

と言った。彼にも、扉の件が分かっていたらしい。

「一度潜り込まれたら、外からは絶対に開けられんぞ。他の手を考えるとしよう」

「まだだ」

Dの低声に、バグラーダ卿は、はっと彼を一瞥《いちべつ》し、それから扉に突き刺さったままの長剣の鍔《つば》と柄《つか》を見やって何か言おうとしたが、口を閉ざした。

近づいて来たDが、その柄を握った。

だが、それからどうしようと言うのか。扉の重さは万トンを超す。その圧搾《あっさく》の前に、Dの刀身といえど、すでに砕け散っているに違いない。

「無理だ」

とバグラーダ卿が嘲った。

だが——嗄れ声が言った。

「刃にはこ奴の血が付けてある。黙って見ておれ、田舎貴族よ」

その悪罵《あくば》に応じたのは、バグラーダ卿の、かっと剝《む》き出された両眼であった。

Dの手と、つながった柄と刀身が、ゆっくりと右へ捻《ねじ》れはじめたのである。勿論《もちろん》、Dが捻っているのだが、どうやって？　刀には万トンを超す圧力がかかっている。わずかな力が加わっただけで砕け散るのが常套《じょうとう》だ。

しかし――見よ、筋とも見えぬ扉の隙間は、ゆっくりと確実に広がっていくではないか。

「ほおお」

バグラーダ卿は、感嘆を隠さず呻いた。

「これは芸だ。〈都〉の芸術者が公開するいかなるショーの掉尾《ちょうび》も飾る至芸だ。しかし――どうやって？」

そして扉は開いた。刀身の幅のサイズに。

だが、Dを見よ。両眼が固く閉じられているのは当然として、その髪は蛇のように波打ち、肌と唇は青ざめる――を通り越して透明だ。これは左手が言ったDの血の為せる技か。

Dの手が柄を離れた。そして、彼は左手を扉の片側にかけたのである。まさか。彼はそれをやった。身を左に傾け全体重と力をその方向に加えたのだ。

「動いた」

つぶれたような声が、バグラーダ卿の口から洩《も》れた。

3

人間が数万トンの鉄塊を引きずり得るか？　否だ。貴族ならば？　不可能だ。

「まさか」

とこちらも瀕死そのものの呻きを上げたのは、ヴァミアであった。

広大華麗な居間の空間スクリーンで、彼女は眼前で開きつつある扉を見つめていた。それから、

「まさに」

とテラーズ公の声で言った。

「何たることを――このハンターは、同類の中で抜きん出ているのではないぞ。別世界の生きものだ」

怯えと怖れを含んだ賞讃というべきか。彼は沈黙した。それから、ぽつりと、まさかと吐き出した。

「――まさか……まさか」

「こんなことって、あるの？」

ヴァミアの声が告げた。

「扉が開いた。入って来たわ、凄い――凄いわ、D」

正に、黒衣の若者と弓を手にした貴族は、超合金の鉄扉を開け放って、霊廟の内部《なか》に足を踏み入れた。そして、

「来るわ」

ヴァミアが待ちかねるような熱っぽい声で言うのを、別の声が遮った。

「そうは行かん。ここは『護りの間』だ。文字通り、護りのものがおるわ」

テラーズ公の声は自信に満ちていた。

Dは室内に入った。奥へと向かう。貴族の城には珍しく、古風な石の内装とは異なる金属のかがやきが満ちていた。

天井、壁、床――どれもDとバグラーダ卿の姿を映している。

「進取の気性に富んでいたらしいの」

左手が呆れたように言った。噂には聞いていたが、ここまで過去に囚われていない貴族は珍しい。

何処からともなく真紅の光が二人の四方を流れた。それが吸いこまれた壁は、灼熱《しゃくねつ》の炎を上げて溶け崩れた。

「来たぞ」

とバグラーダ卿が言った。愉しげであった。その顔前三メートルほどのところで赤い矢は消滅した。

「障壁《ウォール》を張った。発射装置はいま処分する」

「テラーズの攻撃に慣れているようじゃの」

「三度も始末した男だ。手の内は読めている」

彼は背の矢筒から鉄矢を一本抜き出し、先端を床に押しつけると、軽く息を吐いて力を加えた。それを四度《たび》繰り返すと、奇妙にひん曲がった矢が出来上がった。

「それで真っすぐ飛ぶのか?」

さすがに左手も訝《いぶか》しげだ。

「見ていろ。バグラーダの『曲り矢』を」

どう見ても当りそうにないそれを弓につがえ、前方に狙いを定めた。光は四方から放たれ、見えざる壁に跳ね返されていく。

矢は飛んだ。

前方二メートルほどで、廊下は右へ折れている。

　ビームが矢に集中する。

　矢はことごとく躱《かわ》して、道を曲がった。それは神技というより芸に似ていた。珍妙な矢は射手の言葉を証明したのである。

　光の攻撃は熄《や》んだ。

　二人は廊下を離れた。

　その前方に、人影が立っていた。蒼《あお》いガウンの上に、細い顔が載っている。女だ。全身が青く揺れている。光――というより炎に包まれているのだった。

「私はビュート。光――墓の護り人だ。ここから先は誰も通さぬ」

「固いことを言うな」

　とバグラーダ卿が笑った。弓には次の矢がつがえてある。笑顔には必殺の余裕があった。

　女――ビュートの周囲で炎がざわめいた。

「惜しい。片方は何という美しい男。殺すには惜しい」

「顔形《かおかたち》で人を判断するとロクな目に遇わんぞ」

　バグラーダ卿の弓がぶん、としなった。

　ビュートの顔面に吸いこまれた鉄矢は、青い炎に触れた途端に消えた。女を取り巻く炎は、数万、否、数百万度の超高熱で触れたもの全てを遮る盾となっているのだった。

　小さな光が二人目がけて飛んだ。

不可視の障壁がそれを受け止め、次の瞬間、光は通り抜けた。ビュートは瞬間に二個ずつの炎を放ったのだ。障壁は二つ目が破った。

「ぐわわっ⁉」

苦鳴は炎に包まれたバグラーダ卿のものだ。その身体がみるみる燃え崩れるかたわらで、Dは床に伏せていた。

炎を躱したのか？　いや、それきりぴくりとも動かない。

ビュートが歩み寄ってきた。数メートル先で足を止めて、Dを見下ろした。

「力を使い果たしたか」

「その通り」

と嗄れ声が応じた。眉を寄せる女へ、

「あの扉をこじ開けるのに、全エネルギーを使い尽したと見える。回復にはしばらくかかるのぉ」

「それまで待たぬぞ」

ビュートの右手が上がった。Dに打つ手はなかった。

「よいしょ」

嗄れ声と同時に左手を軸に、Dの身体が半転した。仰向けになったDの顔が、ビュートを向いた。

右手を下げつつ、女は後退した。その顔は驚きと恍惚《こうこつ》に包まれていた。

「瞬間なら大過はないが、少し長くこ奴を見つめると、男も女ももういかん」

嗄れ声が笑った。

「もう手出しは出来まい。諦めてこいつの手当てをせい」

「莫迦《ばか》な」

女はふたたび右手を上げた。それは吐息とともに胸のあたりに下りた。

「何と――美しい」

つぶやいた胸を黒い矢が貫いた。

「やった」

こうなる予想がついていたのか、嗄れ声は落ち着き払っていた。

その横で、もう一矢《いっし》をつがえながら立ち上がったのは、膝射ちの姿勢からビュートを射抜いたバグラーダ卿に違いない。熱線に耐えて復活してのけたのだ。

「貴族を斃すには、心の臓に楔《くさび》を打ち込むか、首をはねること――それが鉄則、後は邪道じゃ」

「そういうことだ」

片眼の隅に消滅するビュートを映しながら、バグラーダ卿は新たな矢を放った。

それは仰向けになったDの心臓を床に縫いつけた。

「――何をする⁉」

叫ぶ左手の平から甲へと一本。矢は鋼の床を貫いた。文字通りの串刺しだ。

「味方にするには、何処か薄気味の悪い奴――この先は私ひとりで行ける。もっと気味の悪い左手ともども、永劫の眠りに就くが良い」

「裏切り者め」

こう呻いて左手は床から持ち上がり――ひとつ痙攣して床に伏せた。数秒を置いて、

「ダンピールは塵《ちり》と化さぬか」

このひとことを置き土産に、バグラーダ卿の姿は廊下を走り去った。


「敗けたわよ」

と空中の画面を見つめていたヴァミアが、言わんことかと眼を光らせた。

「ビュートの青炎術《せいえん》も通じなかったか。バグラーダは無理としても半貴族の息の根は止められた。まだ打つ手はあるぞ、バグラーダよ」

「どうする気？」

これがヴァミアひとりの会話だから、面白いと言えば面白い。

「私を斃し得たのはバグラーダひとり。こちらも奴を研究し尽した。愚か者めは、あのハンタ

ーを殺しおった。正直バグラーダなどよりも不気味な男であった。仲間割れも良しとしよう」

ヴァミアは軽々と後退し、床からせり出した黄金の桿《レバー》を摑んで、前へ倒した。


廊下を行くバグラーダ卿の前方へ、轟《とどろ》きとともに黒い板――シャッターが下りて来たのは、彼の記憶では墓所まであと三百メートルの地点であった。

「前もこうだったが、私は切り抜けたぞ。進歩のない男よ」

嘲笑する背後で、もう一打の轟きが鳴った。左右は壁である。進退極まったということか。

「？」

足下を見た。膝まで水が上がっているではないか。それを噴出する口は何処にも見当たらず、しかし水はもうバグラーダ卿の腿《もも》を越そうとしていた。

貴族のもうひとつの弱点――流れ水。その致命的効果の原理は今もわからず、撃流に足を取られ、不死に別れを告げた貴族は枚挙に暇《いとま》がない。

だが、水による死は流れ水に限定される。単なる水溜りでは意味がない。この状況はどうか？　見よ、流れ込むその動きによって、バグラーダ卿のケープは襤褸《ぼろ》のように崩れ、その下の筋肉さえも、紙のごとくちぎれ始めたではないか。

「新手を講じたか」

卿は両手を弓ごと頭上へ差し上げた。弦を引きしぼる。その身体が不意に首まで水に沈んだ。すでに胸まで達していたのだ。

とどめとばかりに、水は渦巻いた。その中に、髪の毛が、弓が、そして肉片と骨さえも浮び沈み、水中に呑み込まれていった。


「これで片がついたの？」

ヴァミアは無表情を声に乗せた。

空中のスクリーンは消えていた。

「はてな」

自分で答えた。皮肉っぽい笑みが唇に貼りついている。何処か男を思わせる剛直な面影があった。

「侵入者のひとりは心臓を射抜かれて斃れ、ひとりは水の中で溶けた。どんな貴族に尋ねても完璧な滅びと言うだろう。だが――」

「私も完璧だと思うわ。違うの？」

返事はない。内部のテラーズ公の困惑を感じて、ヴァミアは短く浅い息を吐いた。

「どうするの、これから？」

「しばらくここに留《とど》まろう。城へ招いた四人のうち三人は片づいた。つまり、ひとりは残っている」

「ライカさんね」

「そうだ」

「奥さまに任せたら？」

「悪意が籠《こも》っておるぞ。だが、おまえの言う通りかも知れん。我が妻ながら、腹の中で何を考え、何をしでかすか見当もつかぬ奴」

最後はつぶやきであった。それは長い尾を引いていた。断ち切るように言った。軽く顔を上げて、

「あの美しい男の死体を処分せよ」

と空中に命じた。

間髪容《い》れずの速度で返事があった。

「死体が見つかりません」

女の声が彼の名前を呼んでいた。それから、

——もう何もかも捨ててお眠りなさい

――私の腕の中で

誰の声か、何を伝えようとしているのか、彼にはわからなかった。

また、名が呼ばれた。

誰のことか。

それきりだった。彼は眼を開いた。

「おお、気がつかれましたか」

見覚えのある娘の顔が驚きと喜びの混じり合った表情を射ち込んで来た。左右と天井は広くて薄暗い。倉庫らしい。奥にはコンテナの山。

「覚えていらっしゃいますか？　マリアと申します」

と名乗った。舞踏会のダンサーであった。

Dは左右を見廻した。床の上に寝ている。

「『護りの間』近くの一隅でございます」

「おまえが連れて来たのか？」

「とんでもない。ご自分で参られました」

娘は淋しくかぶりをふった。

「ここは一万年も使われたことのない貯蔵庫でございます。恐らく誰ひとり覚えてはおりますまい。驚くべきことに、あなたはひとりでここへ辿り着かれました。心臓を貫かれた状態で自力で立ち上がり、ここへいらした。私はただお見かけし、尾《つ》いてきただけでございます。けれども、居場所を存じておられるはずもない。〈辺境〉一の貴族ハンターとは、そうしたものなのですか？」

「矢を抜いたのは、おまえか？」

とDが訊いた。

「はい」

「何故ここにいる？」

いつもよりずっと低いが、少しも弱々しくはないDの声であった。マリアは微笑した。

「私はダンサーであると同時に、『護りの間』の管理も任されております」

嗄れ声がマリアの全身をこわばらせた。

「ふむ。女の仕事といえばいえるの。出入り自由か」

「はい。個人用モニターでお姿を拝見いたしました」

「これはいい女を見つけたぞ。こら、テラーズ公の居場所へ案内せい。もっともおまえたちと同じく、女の内部《なか》に居候を決めこんでおるが」

「それは出来かねます」

苦々しい男の声に化けたから、左手は、むむと唸った。

そこにいるのは、ダミアン・クロロックであった。

「私どもの生命は、テラーズ公とお妃さまから頂戴致したもの。裏切りはなりません」

「義理堅い人工体だの。そうじゃ、バグラーダはどうした?」

「水中にて分解されました。今頃は排水管に巣食う肉食魚どもの餌食になっておりましょう」

冷然たる答えへの反応は、左手の、

「わお」

のみであった。

第五章　護り人《びと》の名は

1

「これからどうするつもりです？」

ダミアンが訊《き》いた。

「おまえの思っている通りだ」

Dの返事は若いダンサーの身に短い痙攣《けいれん》を走らせた。その唇がわなないた。そこから言葉が現われる前に、

「邪魔をするな」

とD。

「それは――出来ません」

「では、何故《なぜ》おれを助けた？」

「私ではありません。マリアのしたことです」

そして、同じ唇が、

「あ〜ら、そうかしら」

ダミアンはしなやかな踊り子に変じていた。

「この男《ひと》は、あなたにひと目惚《ぼ》れしたようよ。私は同郷のよしみで手を貸しただけ。役に立って良かったとは思うけれど」

「同郷は良かったの。確かにそう言えばそうじゃが」

と左手。

「おれはおまえたちに会わなかった」

とDが言った。

「後は好きにするがいい」

彼はテラーズ公を抹殺するつもりだ。それを邪魔だてするつもりなら、容赦なく処分する。いまそうしないのは、ダミアンにせよ、マリアにせよ、鉄矢を抜いてくれた恩義を感じているからであろう。だが、一度きりだ。好きにしろとはそういう意味であった。

「行け」

と嗄《しゃが》れ声が小さく叱咤《しった》した。

「お断わりします」

ダミアンは、きっぱりと口にした。

「ここは全て金属で出来た間《ま》です。地水火風は存在しません」

「初めての状況だと思うか？　手は考えておるわ」

「来たわ。『護《まも》りの間』の護り人が」

Dがやって来た方角へ眼を向けたのは、マリアであった。

「あなたを尾《つ》けて来たんじゃない。何処《どこ》かにセンサーがあるんだわ」

「位置はわからんのか？」

「残念」

足音が聞こえた。鉄に鉄が当たる音。

巨体が現われた。

「離れろ」

と言ってから、Dはゆっくりと起き上がった。

「駄目です——危険極まりない相手です」

ダミアンが前方を指さした。

「もっといい隠れ場所があります。そこへ案内します」

「そうも行くまい」

とD。続いて左手が、

「噂《うわさ》は聞いておる。当てにはならんがな」

「しかし」

Dの後ろ姿が不意に遠くなった。

迫る影は、巨大な黒雲《こくうん》に似ていた。手足を思わせる部分と胴と思しい物が接触している地点から、黒い稲妻を飛ばして来る。それが触れた壁は色を変え、粉状に崩壊した。

「飛び道具じゃぞ——懐《ふところ》へ入れ」

左手が言い終える前に、Dは敵の胸もとへ飛んでいた。稲妻のおびただしい爪が全身を貫いた。

黒衣をさらに濃い煙が包んだ。

だが、Dは動かず煙怪《えんかい》はよろめいた。何処をどうされたものか、急速に輪郭《りんかく》を崩し、散り散りになっていく。

「ドウシテ……雷波ガ……効カヌ……オ前ハ何者……ダ？」

すでに腰のあたりにまで収縮した塊の呻《うめ》きへ、今度は真っ向上段からの一刀——不必要とも思えるとどめは、魔性を空《くう》に呑《の》み込ませた。

だが、見よ、Dの全身は火を噴き、顔は焼け爛《ただ》れている。

呆然《ぼうぜん》と立ちすくんでいたダミアンが駆け寄ろうとするのを燃える左手で制し、Dは前方へ歩き出した。

燃えるコートが翻った。万を数える火花が、明日に先立つ復活を祝うがごとく、絢爛《けんらん》と舞った。

「失敗でした」

とヴァミアが、皮肉っぽい口調で言った。

「そう簡単に討てるタマじゃなかったわ。ぐんぐん近づいて来ます。じきに私たち、あの剣の餌食《えじき》ね」

「そうはさせん。打つ手はまだある」

大公はやる気満々だ。

「だといいですけれど」

ヴァミアはますます——皮肉を通り越して、嫌味ったらしく言った。

「あの方は特別です。必ずここへやって来るわ」

「そうなったら、私も危ない。従っておまえも運命を共にすることになるぞ」

「……」

「任せておけ。奥の手は用意してある」

「？」

ヴァミアの不信顔は、次の一瞬、満腔《まんこう》の自信を湛《たた》えた。

彼女は部屋の奥に歩み寄り、黄金の棚に置かれた調度品のひとつに手を載せた。

これも黄金と水晶で出来た置時計である。

「これは？」

自分に訊いた。

自分で答えた。

自問自答とはこれだ。そして、

「えーっ⁉」

と眼を丸くしたのであった。


はたして、Dは来た。

最後の扉は押すだけで開いた。

迎えたのは、絢爛豪華な、そして閑散たる居間であった。

誰もいない。

「気配は残っておるな」

嗄れ声が言った。

Ｄは棚の一点を見つめた。

「そこに何かあった」

「気配は三秒で消えた。その間に、人ひとりを消滅させるエネルギーが生じるのじゃ。それは何か？」

「時間旅行《タイムトラベル》」

とＤが静かに応じた。

「無茶な理屈をぬかすな――とは言っても、壁抜け――分子浸透《モレ・インター》ともエネルギーの乱れ方が異なる。また、時間移動が可能ならば、ここに籠《こも》る必要はあるまい。だが、いかに貴族とはいえ、時間旅行を実現した例はないぞ」

「テラーズは、奴に会ったことがあると聞いた」

「ふむ、奴ならあり得るな。しかし、そんなことが可能だとして、テラーズに伝えることを選んだ理由は？」

返事はなかった。

不意に、Ｄの身体が痙攣した。天井から青い炎の矢が頭部から下肢までを貫通したのである。よろめきつつ、コートの裾《すそ》が黒い羽のように翻った。光条の二すじ目はその上を滑って、離れた床を焼いた。

天井が剝落《はくらく》して来た。

「崩壊だ、逃げろ」

左手が喚《わめ》いた。

「いや、攻撃だ」

「まさか」

「怒りを感じる——この部屋のな」

「護り切れなかった自己嫌悪か」

世界が激しく揺れた。床が傾斜していく。

「怒りのやり場は当然、わしらじゃな」

耐傾斜がゼロになる寸前、Dは部屋の奥へと跳躍した。


「護りの間」を含んだ館自体が地中深くに崩れ落ちていくのを、離れた丘の上から見送りつつ、

「大公はいつへ消えた？」

左手がつぶやいた。

「明日だ」

とD。

大公の復活日である。

「追ってはいけん。待つしかないな。幸い、黙っていても、向うから来てくれる」

名前が呼ばれた。

女が丘を登ってくる。ライカであった。

「相棒はどうした？」

嗄れ声が訊いた。

「ダイアンなら、あれきりよ」

館へも入らず幌馬車《ほろばしゃ》に乗ったまま姿を消して――それきりらしい。

「館もろとも消滅したか」

「こんなこと初めてじゃない。じき何処かから出てくるわ」

「ほうほう」

「おまえが作ったのか？」

Dが訊いた。ダイアンは人形である。

「組み立てたのは、あたし。材料はある日、道に落ちてたの」

「いつのことだ？」

「三年くらい前ね」

「そのとき――ここへ来る予定は？」

「頭にはあったわよ。儲《もう》け話だからさ」

町の方角で、昼下がりだというのに花火の音がして、華麗な火の傘が広がった。

「行くぞ」

「城の馬車止めまで乗せてってよ」

「今まで何処にいた？」

「道々《みちみち》話すわ」

それ以上、Ｄは問い詰めず、ライカを後ろに乗せてサイボーグ馬を進めた。

ライカは町までの道中で、館内での出来事を語った。

「部屋に通されてすぐ、妃《きさき》が襲撃してきたのよ。互角に闘《や》り合ってたんだけど、あの眼に睨《にら》まれたら急に気が遠くなっちゃって。気がつくと、城が崩れるところ。大慌てで逃げ出して来たわ」

ここでＤの「口づけチェック」が入ったのは言うまでもない。

「異常はないのお」

と左手も保証した。

「相手は妃のミノラールだ。何もせんで済ますはずはない」

と馬上で左手が言った。

「ラランジュ」へ入る手前で、Ｄはライカと別れ、馬首を西へと巡らせた。

「何処へ行く？」

辿《たど》り着いたのは壮大でそれだけに廃滅の感が凄《すさ》まじい廃墟《はいきょ》であった。窓辺にひとつ灯《あか》りが点《とも》っている。

「ここは――？」

「テラーズの城だ」

とＤは答えた。

ねじくれた樹木のはびこる道を正門へと進み、それも抜けて玄関へ入ると、扉はあっさりと開いた。

大ホールの階段を二階へと上がる。

「埃《ほこり》ひとつない。良いクリーニング係と執事がいるらしいの」

左手は関心を隠さない。

灯りの部屋へ入った。

居間である。かつての絢爛の名残りは、黄金をふんだんに使った家具や、なお色彩鮮烈たる天井の絵や壁画に残っていた。灯りは天井のシャンデリアのものだ。

Ｄがふり返った。

廊下に面したドアから、執事の礼服をまとった老人が入ってきた。

「ようこそ、テラーズ大公の城へ。その美貌、服装《いでたち》――D様でございますな。執事のガタラと申します」

「大公の墓は何処にある？」

とDが訊いた。

「いつなりとご案内を」

荘重なその表情から何を見て取ったか、

「他にいるか？」

とDは訊いた。

ガタラの背後で陽気な声が、

「はーい、ここにいるぜ」

ガタラの右手が床と平行に持ち上がった。腋《わき》の下から小さな雷鳴と紅《あか》い稲妻がDへと迸《ほとばし》った。

その轟《とどろ》きが消えないうちに、

「ほお」

嘘《うそ》偽りのない驚きの声が上がり、ガタラの背後から、派手な模様のポンチョと鍔広《つばひろ》帽を被《かぶ》った男が現われた。

「覚えてるかい？　おれはベン＝ラッド。あのダンス姉妹と一緒にあんたを地面に埋めた男だ」

「だから、お返しはせんよ」

くぐもった嗄れ声は、Ｄの顔面を覆った左手から聞こえた。手の平は何かを受け止めるように、外を向いている。その表面に小さな唇が浮かび上がるや、ラッドの足下へ小さな塊を吐き出したのである。

かん高い音をたてて、靴先で止まったものは、丸い鉛の弾丸であった。ラッドがＤの顔面へと放った一発だ。小さな口は、秒速三〇〇メートルに達する灼熱《しゃくねつ》の塊を、文字通り食い止めたのである。

「こりゃあ、まいった。会えて良かったぜ。本物の〈辺境〉一によ」

「名前は知っている――〈南部辺境区〉のハンターだな」

とＤ。

ラッドは恍惚《こうこつ》と身をくねらせた。

「くーっ。堪《たま》らねえ。ハンターＤにこんな駆け出しの名前を知ってて貰《もら》えたとはな。一生の記念になるぜ」

「何をしている？」

「勿論《もちろん》、明日に甦《よみがえ》る大公殿の下調べよ。昨夜押しかけたんだが、いやあ、でかい。でかすぎる。十分の一も調べられなかったぜ」

「収獲はあったのか？」

引き続いての問いである。D自らというのが凄《すご》い。他人に関することは、左手任せが普通だ。この男の何かが気に入ったとでもいうのか。

ラッドも自信たっぷりに、

「ああ。大公殿とお妃様の寝床を発見したぜ」

「何処だ?」

「内緒だ。おれの手柄にしたいんでな。いくらあんただって、飛び入りは許さねえぜ」

「ひとりで討てるのか?」

左手が訊いた。ラッドは帽子のてっぺんを軽く叩いて、

「そこが問題点だ。正直自信はねえ。そこで、物は相談だが、今日この瞬間から今日いっぱい手を組もうじゃねえか」

「飛び入りは許さないとか」

「その辺は臨機応変に行こうぜ。どっちが二人を始末しても、儲けは山分けでどうだ?」

Dはガタラの方を向いた。老執事は立ち尽していた。その木乃伊《ミイラ》のような顔を恍惚の紅に染めながら。

「案内できるか?」

「よろしゅうございます」

「この八方爺《じじい》め」

とラッドが唇を歪《ゆが》めた。

2

「陽が落ちるわよ」

このひと声で、ライカは眠りから醒《さ》めた。外は闇が覆っている。Dと別れて二時間は経過していると体内時計が告げている。

馬車の中である。寝床の横にダイアンが立っていた。

「何処に行ってたの？」

「あの館の中をあちこち」

十歳としか見えぬ人形は、艶《あで》やかに笑った。

「修理役から、色々と手入れをして貰えたわ。でも、やっぱり、姉さんのが一番」

「当然よ」

「ねえ、ずっと一緒にいよう。一緒にいたいよ」

「勿論よ」

ライカは身体をずらして、ベッドの縁にかけ、妹を抱きしめた。

ばらばらの部品だった妹。それを捨て置くこともなく、馬車に入れて組み立ててみたのは、何故だろう。丸一日をかけて完成させたとき、歓びよりも戦慄《せんりつ》を感じたのは何故だろう。

――この妹に対する私の気持ちは、最初から狭霧《さぎり》に包まれていたようだ。

「ねえ、ダイアン」

と呼びかけた。

「ん？」

「あなたの手足や顔を作り上げたのは誰かしら？」

「知らないわ。お姉さんじゃなくて？」

「どうして捨てられていたの？」

「知らないわ。あたし――捨てられていたの？」

「ごめんなさい。嘘よ」

こう言った瞬間、ライカは自分が泣いているのに気がついた。

「ねえ、この町を出ようか？」

と訊いた。自分でも驚くほど優しい声であった。

「え？　どうして？」

「どうしても――いいでしょ？」

「うん」

「いい妹《こ》ね。じゃあ、すぐ用意するわ」

ライカは幌《ほろ》の外へ出て御者台《ぎょしゃ》に腰を下ろした。気配を感じたサイボーグ馬が全身を震わせる。たてがみが激しくなびいた。

手綱《たづな》を荒っぽく振って、四頭を整列させると、ライカは激しく鞭《むち》をふるった。

馬車は車輪をきしませながらゆっくりと、そしてすぐに疾走しはじめた。

背後に気配が生じた。

ダイアンではない——氷が背筋を流れた。

「あなたは？」

と訊いた。

「ミノラール」

と気配は、白いドレスをまとった妃の声で応じた。

三人は巨大な墓所の前に立っていた。

「地上一万メートル」

とついさっき左手がつぶやいたところだ。

暗黒がまばゆい。宇宙の闇にちりばめられている星のきらめきであった。大公の墓は、その居城の遙《はる》かな高みに存在するのであった。つなぐのは物体転送器だ。

「復活の際は、すべて地上に戻ります」

とガタラが告げた。

「それなら、今日見た館の墓は何だ？」

左手が訊いた。

「偽りの墓でも地上にありたいと」

「大公は人間の女に憑依《ひょうい》しておる。これは復活ではないのかの？」

「あくまでも、この墓に戻り、地上にて甦る——これが復活でございます」

「すると、あの館での出来事は——」

「前夜祭と申しましょうか」

「招待された者たちは怨《うら》むぞ」

執事は声もなく笑った。

「遺灰はこの中にあるのか？」

Dの問いであった。ガタラとラッドの表情が、死者のそれになった。

「おれがここへ来たのは、知りたいことがあったからだ。それは明日を待つしかない。だが、おれに矛《ほこ》を向けた以上、ひとつ手を打っておこう」

「何を？」

ガタラが額の汗を拭いた。美しいハンターにまつわる噂を思い出したのだ。その美しさに匹敵する魔性の相《さが》を。

「おい、おい、何をやらかすつもりだ、〈辺境〉一のハンターさんよ」

　ラッドまでが泡を食ったらしい。

「貴族の復活は、異常が生じぬ限り、その柩内《ひつぎ》と地上とで成就される。この墓所と地上を結ぶ物体転送器を破壊すれば、大公は永遠に宇宙の孤児となる」

「仰《おつしや》るとおりです。しかし――」

　ガタラの声は震えていた。

「復活祭では、町の代表が遺灰の入った壺《つぼ》を取り出し、中身を川へ散布しなくてはなりません。復活祭とは、復活を中止させるための祭りなのです。それを中断させれば、〈辺境〉中の土地と人間が、あなたの敵に廻《まわ》ります」

「それに――おまえが招《よ》ばれた理由《わけ》もわからなくなるぞ」

　左手が皮肉っぽい言い方をした。

　それはDも承知していたことか。

「明日まで待つ」

と言った。

　数分後、一同は地上の居間に戻った。

　異様な事態が待っていた。

正門まで人々が押し寄せていたのである。

松明《たいまつ》の海に照らし出された顔は、どれも殺気に満ちていた。彼ら自身が巨大な松明のように見えた。

最前列の連中が門を押し開け、玄関前へ押して来た。

ガタラが襟《えり》に差した通信器《トランス・ミッター》を抜いて、

「何の用だ？」

と訊いた。暴徒は立ちすくみ、四方を見廻した。ガタラの声はあらゆる方向から聞こえたのである。

「おれたちは町の者だ」

最前列から少し離れた位置で、サイボーグ馬にまたがった中年の男が叫んだ。

「普通にしゃべれば届く」

とガタラ。ざわめきが熄《や》んだ。

男は咳《せき》払いをひとつして、

「明日の復活まで待てん、と意見の一致を見た。テラーズ公の遺灰を貰い受けたい」

「明日までお待ち願いたい。それが復活祭の掟《おきて》だと思ったが」

「復活が成し遂げられる前に、新たな死を送る。それが本来の教義だ。それに、今回は前夜の旧館からの招待など、奇怪な出来事が山積だ。それを考慮して我々有志は一日早い滅亡を捧げることにした次第だ」

「名前を訊こう」

男を中心に、ぞっ、と沈黙の波が広がった。

「副町長のトーバーナだ」

「おれは息子のゲヂだ」

最前列のひとりが喚いた。

「普通に話せ。で、この暴動は町長も承知の上なのかね？」

「暴動ではない。当然の要求だ」

とトーバーナが胸を張った。周囲の連中も、そうだと声を揃《そろ》える。

「いま、ここには二人のハンターがいるはずだ。目撃者がいる。彼らにはすぐ町を退去させる」

「ほう、いかなる理由によって、だ？　このような暴挙を以て、大公様の復活を防ぐつもりならば、その一員としてハンターは必要なのではないか？」

「ハンターが仲間とは限らん。木乃伊《ミイラ》取りが木乃伊になった例は山程ある」

これは事実だ。

熟練のハンターによる墓あばきを防ぐため、貴族たちは様々な策を凝らす。

機械仕掛けの墓《はか》守《も》りや護衛たち、様々な工夫を凝らした防禦策《ぼうぎょさく》は当然だが、ハンター以外の冒瀆者《ぼうとくしゃ》――盗掘者《とうくつ》に対しては、昔ながらの買収という策が取られた。

柩の安置場所――玄室の前方に、人間にとってのみの欲望の対象――「宝」を置いておくのである。金に眼がくらむのは、いつの時代の人間にとっても同じ本能だ。純金の万倍の価値がある合成宝石や、人造黄金を搬出するだけで時を要し、やがて眠れる貴族が眼を醒まして――という、笑えぬ悲劇は多くの還《かえ》らぬ盗掘者やハンターが伝えているところだ。

それどころか――ここがハンター以外の貴族撲滅を目指す人間にとって、最も厄介な点なのだが、貴族の提供する金品や獲物によって、雇い主や仲間に敵対するハンターたちも数多い。

滅びの代償に「不老不死」の秘密を提示されて、なお杭をふり下ろすハンターが何人いるか。家族に取り憑《つ》いた魔性や疾病《しっぺい》を瞬時に完治させる呪物や薬物の前に、挫折するばかりか、邪魔な仲間たちを殺害した例は枚挙に暇《いとま》がない。その技倆《ぎりょう》に定評がある名ハンターといえど、十全の信を得られぬ理由はここにあった。

「信じられなくても信じる他はあるまい。Dという男なら」

ガタラのこの提案に、味方が出来た。

「そうとも。このおれとDを町から出すなんざ、ど田舎の迷妄《めいもう》ここに極まれりだぜ」

ラッドであった。

「おまけにこのおれさま――〈南部辺境〉じゃあ右に出る者のねえ貴族ハンターのベン＝ラッド様が一枚噛《か》んでるんだ。退去って線は浮かんじゃ来ねえだろうよ。安心しな。ただ年だけ重ねた田舎の耄碌《もうろく》貴族なんざ、おれたちで灰にしてやるさ」

「いまなら灰のままだ。二度手間はいらねえ」

ゲヂが、むっつりと言った。

「灰をばら撒《ま》けば、テラーズ公が滅びたままになるとお思いかな？」

ガタラが嘲笑をこめて言った。それは暴徒の半数を更に怒らせ、半数の肝っ玉を氷の手で鷲《わし》摑《づか》みにしてのけた。

「テラーズ公ほどの大物を人間の手で斃《たお》すには、灰となった後でも墓所を破壊した上で浄《きよ》め、その灰は高僧か大魔術師の手によって、彼らが指定した場へ撒かねばならん。はたして出来るのか、おまえたちに？」

「安心しな。〈都〉からえらい魔道士を三人も呼んであるんで。墓場のぶっ壊しと浄化を百年近くやり続けて来たプロたちだぜ。さっさと任せなよ」

副町長の倅《せがれ》、というよりゴロツキのリーダーが似合いそうな若者は、背後を振り向いて、

「用意はいいな？」

と声をかけた。

「いいともよ」

と応じた声の子は、こちらも若く、その横には、旧式で小型ながら一〇〇ミリ無反動火砲が準備を整えていた。

「みんな下がれ。一発ぶち込むぜ。景気づけだ」

「よせ」

と幾つか声が上がったが、やっちまえという叫びと拍手に掻《か》き消されてしまった。

前方の連中が左右に開き、

「よさぬか」

ガタラの声に合わせたかのように、火砲は火を吐いた。徹甲弾ではない。榴《りゅう》弾だ。それも単なる接触炸裂《さくれつ》弾とは異なり、命中と同時に先端から一万度のジェット・ストリームを吐き出し、標的のみならず、その背後の人間も焼き尽す特殊砲弾であった。

だが、砲弾はドアにめりこんだまま停止し、火流は襲いかかったものの、内側からの反応はまるでない。

全員が息を呑んだ。

そして、もう一度呑むうちに、ドアの前に二つの影が立っていた。

Dと——ラッドと。

前へ出た。

音もなく暴徒たちは後退し、広がった。Dの放つ鬼気に突きのかされたかのように。この美しい若者は同じ姿形を有してはいるが、彼らの同類ではなかった。まして人間ではなかった。

「邪魔をするつもりか?」

トーバーナが叫んだ。絶叫といってもいい。

「いくら〈辺境〉一のハンターでも、こちらは三百人だ。火器もある。無駄死にだぞ」

「邪魔はせん」

とDは応じた。冷然たる声であった。

「だが、おれは大公に用がある。そちらこそ邪魔をするな」

不意に右方の槍《やり》を手にしたひとりが突っかかって来た。反感の結果ではなく、Dの鬼気に追いつめられたとしか思えぬ形相であった。

Dが一刀を抜いた。みなが眼にし得る速度であった。その刀身が槍の穂に触れると、槍は撥《は》ねとばされた。のみならず、摑んだ男もまた。

仲間たちの間に、男と凶器が叩きつけられたとき、数人が下敷きになった。よける暇もない激突だったのである。

残りは一斉に後じさった。

勝負あり、と見えたその時、最後尾から人垣を割り砕いて、灰色の影が前進して来た。

暴徒の海に安堵《あんど》の歓声が波のように広がった。

「ジュハン様だ」

「ジュハン様だ」

頭から灰色の頭巾を被り、爪先まである長衣をまとった長身の老人であった。鼻から下は白《はく》髯《ぜん》が覆っている。石のような無表情の中に、眼だけが見る者の精神《こころ》を凍結させる惨光《さんこう》を放っていた。

「三人組のひとりじゃな」

左手がつぶやいた。

人々が開けた道の上を粛々《しゅくしゅく》と歩いて、長衣姿はDの前に立った。右手にベルト付きの円盤を摑んでいる。

「名は聞いた通りだ。ハンター〝D〟――一度会ってみたかったぞ」

「ジュハン道師――ローアン教の最高位僧と聞いておる」

嗄れ声に含まれるかすかな緊張が、新しい敵の力を示していた。

3

左手が続けた。

「ローアン教は、北と東の〈辺境区〉で最大の信者を有する宗教団体と聞いておる。みな、死をも怖れぬ信仰心を誇りに思っておるそうな」

「面映《おもはゆ》いが仰《おお》せの通りだ」

「他人の死をも、な」

「それは――」

「二つの〈辺境区〉で知る者ぞ知る最凶最悪の暗殺集団――治安部隊が動かぬのは、教団に狙われるのを怖れてのことだとか」

「その通り。だが、我々は貴族や〝もどき〟の掃討に最大の貢献を果たしているのでな」

「大した自信じゃ。では、ここでこ奴相手はどうじゃ？」

　こ奴とは誰か、言うまでもあるまい。

　数多くの屍山血河《しざんけつが》を乗り越えて来たに違いない岩のような顔に、その瞬間、激しい動揺が揺れた。

　相手とは敵の意味である。

「ハンター〝D〟――いつか矛を交えると思ってはいたぞ。ふむ、確かに相応《ふさわ》しい場所ではあるな」

　月光の下に殺気のみが膨れ上がった。ジュハン道師のものだ。暴徒の士気はかけらもなかった。

　Dの鬼気を感じたのだ。

「断っておくがの」

　左手がくぐもった声で言った。

「こ奴に刃《やいば》を向けた後で、腕試しだ冗談だでは通用せんぞ」

あらゆる視線がジュハン道師に注がれた。期待と——なぜか暗い願望が。

群衆が詰まった闇の奥で、除《の》けと叫ぶ姿があった。そう連呼しながら、人々を押しのけ押しのけ、トーバーナと並んだのは、鍔広帽を被った上衣姿の老人であった。美髯《びぜん》はジュハン道師と同じだが、白く染められておらず、顔立ちも精悍《せいかん》だ。

「町長」

「スモクト町長」

彼はトーバーナを睨みつけるや、

「何の真似だ。私は軽挙妄動を禁じた。我々の行動は全て、明日の夜明け以降に成すもの——掟を忘れたか？」

「五千年も前の掟なんぞ——時効だ」

ゲヂがふり向いて叫んだ。同志の声も上がったが、少ない。

「ジュハン」

別の声が背後からやって来た。

人々がふり返り、正門の下に立つ細長い影を見た。

小柄だが、紫の長衣のラインは、しなやかで妖《あや》しい女のものだ。

「デイドーリン道師——良いところへ来てくれた」

「これから一戦交えるところ？」

やや俯《うつむ》き加減の顔が上がった。誰もが溜息をつくしかない美貌であった。Dがいなければ。

「でも、ここはスモクト町長の言う通りよ。私たちが、テラーズ公の復活を妨げ得るのは夜明けから。五千年前の掟でも、掟は鉄よ」

オパール色の瞳《め》が、ジュハン道師を、トーバーナを、ゲヂを射抜いた。ジュハン道師以外は眼をそらした。

「それまで無益な戦いは慎むこと——最高教義を忘れては困るわね」

「みな——戻れ」

スモクト町長の声には圧倒的な威厳がこもっていた。

波が退《ひ》くように、町民たちは後退し、門外に消えた。

二人の道師と町長が残った。

「二対二か——いい組合わせじゃねえの」

ラッドが両手を打ち合わせた。

「この先、闘《や》り合うことになるのは眼に見えてる。いま片づけちまおうぜ」

「単細胞めが」

嗄れ声が言った。

「何ィ？」

と息まくハンターへではなく、女道師に向かって、

「すぐに相まみえる」

とDは告げた。

「すぐに」

とデイドーリンがうなずいた。

「今でも良かろう」

ジュハン道師が右手を上げて、おろした。

上空から光の筋がDを貫いた。

「ジュハン」

デイドーリンのつぶやきを聞いたものは恐らく無い。

サイボーグ馬がよろめき、両脚を崩して横倒しになった。

Dの全身が火を噴き、サイボーグ馬は両断された。

「軌道を周回中の小惑星の破片をひとつ落としてみた。お望みとあらば、千でも万でも可能だが」

傲《おご》りに包まれて笑うジュハンの眼前で炎が立ち上がった。

かっと眼《む》を剝くその脳天へ、炎に包まれた手が一刀をふり下ろした。

血が奔騰《ほんとう》した。Dを縦に貫いた凶器をふるった道師の身体は、縦に二つに裂けて血の海に倒れた。

「もう手を出すな」

嗄れ声が言った。

もとよりデイドーリン道師は動かず、町長も立ちすくんだままだ。そして、Dの身体はなお燃え続けている。

美女の唇が尖《とが》った。

短い吐息。炎は忽然《こつぜん》と消えた。

Dは刀身を収めた。コートが一閃《いっせん》し、残る炎を吹き散らした。身体にも服にも焦げ痕ひとつない。

「ローアン教の消火術、噂には聞いていたが凄いものだな」

と左手が言った。

「でも、戦いたくはないわ。〝D〟という名の男とは」

「全くだ」

ともうひとりのハンター――ラッドが肩をすくめた。町長が咳払いをひとつして、

「テラーズ公が甦るのは零時、それまでに町の者は新たな襲撃を企てるかも知れん。手を引いて貰えんかな、デイドーリン道師？」

「我々は副町長に招かれて参上した。彼との契約が破棄されぬ限り、実行に移さねばなりません。D――いずれまた」

美女は背を向けて門の方へと歩き出した。じき、馬車の音が町へと走り出し——すぐに消えた。

「あれは強敵だぞ」

と左手が言った。やや緊張の風《ふう》である。珍しいことだ。

「そうとも」

と割って入ったのはラッドだ。

「ハンターでも戦闘士でもねえのに、大貴族と呼ばれる連中を、もう十人近く滅ぼしてる。つまり、ハンター相手でも相当にイケるってことだ。おれも一対一じゃあやりたくねえな」

「もうひとりいる」

とD。火だるまになったとは思えない静謐《せいひつ》な声音《こわね》である。

「ああ。確かデラノーチェとかいう坊主だ。こいつもおかしな技を使うらしいぞ」

「おまえに任せよう——二人ともな」

「よしてくれ。な、山分けで組もうぜ」

返事もせずに歩き出そうとするDへ、

「お待ち下さい」

とスモクト町長が呼び止めた。

「今夜の零時こそテラーズ公の復活の日。我々はそれまで耐え、その後で大公の滅亡を謀《はか》ります。甦った大公は、想像もつかぬ惨禍を『ランジュ』のみならず、〈辺境〉全土に撒き散らすことになりましょう。トーバーナたちがこちらへ押しかけたのは、ある意味当然のことなのです」

「ですが、テラーズ公の遺灰など、ここにはございません。妄想でございます」

ガタラであった。皺《しわ》深い顔には疲労の翳《かげ》が濃い。

「死しては甦る大貴族、それを追う人間たち――ひょっとしたら、それもこれも妄想――誰かの見る夢なのかも知れません。この館の主人もまた」

「バグラーダ卿《きょう》なら『流れ水』に溶けたと聞いている」

とD。

ガタラは眼を閉じて、Dの言葉を咀嚼《そしゃく》した。それから、眼を開けずに、

「左様で」

「貴族は永遠の生命《いのち》を持つと言われます。ですが、それは生命なのでしょうか。手前には単なる長く果てしない偽《いつわ》りの生《せい》としか思えません。甦るたびに滅び、滅びるたびに甦る。これこそ宇宙の造り出した究極の虚しさではありませんか。貴族と人間はいつこの連鎖を断ち切ることが出来るのでしょうか」

貴族を支えて来た老執事の言葉は、Dの動きすら止めた。人々は闇のただ中で、夜に生きる者たちに関する言葉を紡ぎ出すのに、とまどっているかのように見えた。Dすらも。

「ひとり」

とDが言った。全員がその美貌に視線を当てた。それから頬も赤らめず、天空を向いた。Dと等しく。

「ひとりだけ、その答えを捜しつづけた貴族がいた。答えなどないと知りながらも」

「バグラーダ卿も同じようなことを申しておりました。誰が何処を捜しても、その方は見つからぬ。しかし、ただひとり――その血脈を有する者がいると聞く、と」

沈黙が降りた。

この一瞬、ひとりを除いてみな、あることを考えた。それはひどく美しい刹那《せつな》の闇のきらめきに似ていた。

しかし、夢は醒め、彼らは黒い剣《つるぎ》を負うた影が門へと向かう姿を見た。誰かのサイボーグ馬が何事もなく、彼の鞍《くら》をつけていた。

通りへ出たところで、ラッドとスモクト町長が追って来た。町長は二人を自宅へと招いた。

「今夜零時――テラーズ公復活の刻限まで、町の安寧に力をお貸し下さい」

と町長は頭を下げた。

「いいともよ。なあ」

とラッドが請合い、

「副町長を片づけろ」

とDは答えた。復活の前に血を呼ぶのは、とりあえずトーバーナと二人の道師以外ないからだ。

「幾らなんでも、副町長を町長命令でバッサリやるわけにゃあ行くまいよ」

「町長と話し合え」

こう言って、Dは席を立った。

ホテルへ入ったときは、満天の星空であった。

部屋へ入って十分もしないうちに、ノックの音がした。

ライカであった。

「来るだろうと思って、ホテルのそばで待ってたのよ」

「ダイアンはどうした？」

「あら、他人のことが気になるの？」

「あの娘は人間ではない」

「馬車でお昼寝中よ」

「用件は？」

「相変わらず愛想なしね。ミノラールって女が、あたしに取っ憑いたのよ」

「……」

「血を吸われたわけじゃない。ただ取り憑かれただけで何も起きないの。気持悪くってさあ、何とかしてくれない？」

「呪術師を捜せ」

「町の外れにひとりいるって聞いたんだ。一緒に来てよ」

「断る」

「わらわの要望でもか？」

突然、ライカの声が変わった。

Ｄの眼はダンサーと二重映しになった女貴族の姿を見ることができた。

「この町いちばんの呪術師しか出来ぬことがある。テラーズ公の弱点を暴くことじゃ」

「おまえは知らんのか？」

「あるとしかわからぬ」

「なぜ、敵対するおれにそんな話を持ち込む？」

「この話に興味があるのか、ないのか？」

「ない、と言ったら？」

「この娘の生命がない」

今日は晴れだ、という口調であった。

一瞬の間を置いて、Dは立ち上がった。

この町へ来る前に、彼を救ったひとりがライカだったのだ。


三十分とかからず、二つの影は市街の西の外れにある石造りの家の前でサイボーグ馬と馬車を止めた。

老婆《ろうば》が現われ、ライカを見るや、両眼を見開き、噴き出す汗を拭いもせずに、

「おまえは妃ミノラール――今夜が復活の時ではないのか？」

ひとめで見抜く眼力を備えていた。

「まだ復活はしておらん。スフラよ、おまえに用事がある。テラーズ――我が夫の大弱点を暴き出してこの美しい男に伝えるのじゃ」

ここで老婆は初めてDに気づき、たちまち頬を赤らめた。

「妻が夫を裏切るのか？」

老婆にも見えている妖しい姿は、ライカの背後でうすく笑った。牙《きば》が覗《のぞ》いた。

「裏切りは世の習いじゃ。さ、早くせよ。施術はわらわが指示する」

「……」

「愚図愚図していると、この娘の生命はない。Dにもそう伝えてあるぞ」

三人は家の中へ入り、施術室のドアを開いた。

老婆スフラの指示でDは椅子にかけ、その右の首すじに、ライカ＝ミノラールの指示で、針つきの輸血管が打ちこまれた。

片方の端がベッドに横たわるライカの右腕につながれた。

「血が一巡すれば足りる。この娘の血は、今はわらわのものじゃ」

血は数メートルの旅を果たした。

Dは眠りに落ちた。

ライカがベッドから下りた。ミノラールがまた牙を剝き出した。

「眼醒めてはならんぞ、世にも美しい男よ。おまえが眠っている間に、全ては終わっておる」

第六章　死影《しえい》の歩む町

1

「町長はああ言うが、おれたちは何千年も前の掟《おきて》に縛られてはいられん」

　こう断じた場所は、町役場に付随する「人民センター」の一室で、断じたのはトーバーナ副町長である。

「テラーズ公は今夜零時をもって甦《よみがえ》り、それから夜明けまで、町は地獄と化す。おれたちは、その前にテラーズ公の遺灰を浄め、清浄なる土地に散灰しなくてはならん」

　百人は収容可能なセンターの会議室には、決死の覚悟に表情をこわばらせた人々が詰まっていた。みなかたわらに槍《やり》や剣を置いている。

「ひとつ断っておく。町長はあくまでも反対の立場だ。二名、ハンターもついている。十中八九、血を見ることになる。いまここで固めておきたいのは、そのときの覚悟だ。町長がいる限り、おれたちは断罪を免れまい。それでもやらねば、町は死の影の歩むところとなる。それだけは防ごう。声を合わせろ――防ごう」

「防ごう」の合唱が空間を埋めた。

「時間がない。急ぐぞ」

戸口から流れ出る人々を見ながら、トーバーナは、左方の階段口に立つ紫の長衣の美女へ眼をやった。

「町長には済まんが――断罪を受けるつもりはない」

美女――デイドーリンは首肯した。琴線《きんせん》の震えるような声が、

「すでに、デラノーチェ道師が」

呼び鈴の音に、スモクト町長夫人が戸口へ行き、姓名を問うと、

「デラノーチェ道師だ。町長殿に急用がある」

地の底から響くような声だけで、奥から火薬銃を持ってこようと思ったが、その名は聞いていた。

「夫なら不在です。今宵は町の警護に当たると先程出かけました。夜明けまで戻りません」

「これは失礼。安らかな眠りを」

声と気配が遠ざかるや、夫人はその場にへたり込んだ。息子がやって来ても、その腕にすがって立つことも出来なかった。体重は五キロも減っていた。

スフラ老婆《ろうば》は複数のサイボーグ馬が家の前に止まるのを感じた。

やって来たのは、トーバーナ副町長の息子——ゲヂと子飼いの活動隊であった。テラーズ公の館へ乗り込んだ連中の一部だ。

「もっと早く来るべきだったが、あなたの年齢を考え、過酷な術を使わせたくはなかった」

「テラーズ公の墓の所在を占って欲しいという。

「これは生命懸けだよ。強力なガードがかかってる。あたしに死ねというのかい？」

「やむを得ん。町のためだ」

「やれやれ。あんたの親父が副町長になってから、町は荒廃の一途を辿《たど》ってるよ。嫌だと言ったら？」

光が眼前に閃《ひらめ》いた。ゲヂの抜き打ちであった。老婆の鼻先が床へ落ちた。

「年寄りになんてことをするんだい？」

切断部を押さえた土気色の指の間からしたたる血潮を見ながら、老婆は呻《うめ》いた。

「年寄りでも、いきなり死にたくはなかろう。すぐ占いにかかれ」

老婆は奥の施術室へ入った。奥の長椅子にDが、その前のベッドにライカが眠っている。

しばらくして老婆はよろめくように現われ、居間にいるゲヂと仲間たちに、

「空の上さ」

と言うなり倒れた。

ひとりが駆け寄って脈を取り、

「死んだぜ、危《ヤバ》くねえか？」

「空の上と言ったな」

ゲヂは答えもせず、施術室へ押し入り、眼を丸くした。

「こりゃあ、Dと——確か『ダンシング・クイーン』の片割れじゃねえか」

妖術魔術の知識のある仲間と手分けして、資料や機材を当たり、やがて一冊のノートのページを繰った。

「墓の位置はわかった。おい、ひとり武器舎へ行って誘導火弾《かだん》を用意しておけ」

その男が家を出るのを待って、

「さて、この二人だが」

「どうするんだ？」

とひとりが不安そうに訊《き》いた。

「あまり無茶はしねえ方がいいんじゃねえのか？　女の方はともかく、こっちは——Dだぜ」

別のひとりもそうだと同意し、他の連中もうなずいた。ゲヂは大きくかぶりをふった。

「いいや、何でここにいるのか、なぜ眠っているのかもわからねえが、何かの拍子で眼を醒《さ》ませば、こいつはテラーズ公以上の敵になる。いまが決め時《どき》だ」

男たちは顔を見合わせ、戸口へと退《ひ》いた。

「おい？」

鬼の形相になるゲヂへ、

「悪いが死にたかねえ」

「町長の怒りに触れるのも怖えが、万がいち、こいつがいま眼を醒ましたりしたら――やっぱり関わりたかねえよ」

「おれもだ――みな町へ戻るぜ」

「この腰抜けどもめが――さっさと行っちまえ」

ゲヂは一刀をふり廻《まわ》した。壁の地図が裂け、様々な色の液体の詰まったフラスコやビーカーが微塵《みじん》に砕け散った。

ようやく気が収まると、彼はDに近づき、その左胸を狙って一刀をふりかぶった。

「およし」

そう言われても、声の主がベッドの娘だとは想像もつかなかった。声はずっと年配の落ち着き払った妖艶《ようえん》な女性のものであった。

ゲヂはふり向いた。

娘はベッドの上に起き上がっていた。

それから台を下り、ゲヂの方へ近づいて来ても、ゲヂは立ち尽す以外は何も出来なかった。

「おまえは――」

ようやく声が出た――同時に剣が持ち上がった。

「――誰だあ!?」

絶叫とともにふるった刀身は、これまでのどの一撃よりも強力で速いと自信があった。

手応えはあった。眼前の女の頭骸と脳とを割り、頸骨《けいこつ》と脊椎《せきつい》と肋骨《あばら》を縦に切り下ろして、股間まで抜けた――刀身がそう伝えた。

女――ライカが笑った。あどけなさが残る顔が、この上なく妖艶な笑みを作った。

「おまえは――ただの女じゃねえ。何者だ!?」

自分がすくみ上がっているのを、ゲヂは意識した。

「おまえごとき、人間の、田舎の平民の、女を抱いたこともない若造に名乗る名前はないが、これきりじゃ。教えてやろう。わらわはミノラール――テラーズ公の妃《きさき》じゃ」

ゲヂはもううら若いダンサーの顔を見ていなかった。背後のもうひとつ――気品溢《あふ》れる美女のそれを見つめていた。

異様な叫びとともに、彼は突進した。待つ運命は半ばわかっていた。ふりかぶった刀身をふり下ろす寸前、ライカの手が閃くのが見えた。

華麗なる舞扇は鋭利この上ない刃《やいば》と化して彼の首を薙《な》いだ。そして、Dは昏々《こんこん》と眠り続けている。


ひとめで貴族のものだと知れる黒馬車が広場へと走り込んできたとき、町の護衛団は声も出なかった。

御者《ぎょしゃ》は黄金《きん》地に銀の刺繍《ししゅう》を鏤《ちりば》めたコートを羽織った若者であった。彼は人々の視線など気にする風もなく席から下りると、車体に歩み寄ってドアを開いた。

誰もいない。

しかし、彼は見えない淑女が確かにそこにいるかのごとく、見えない手を取って、階段を下ろし、地上へと導いた。

それから広場の中央で足を止め、

「私はダミアン――テラーズ公付きの踊り手だ」

と名乗った。

「真夜中、大公は甦る。それを祝う踊りを物すべくやって来た。邪魔は許さんぞ」

「何をぬかす――貴族の飼い犬めが。いま八つ裂きにして、馬車ごと灰にしてくれる」

こう叫んでひとりがダミアンに槍を投げた。若者はその場で回転した。槍は彼のどこかで撥《は》ね返され、投擲《とうてき》した男の喉笛《のどぶえ》を貫通してのけた。

愕然《がくぜん》と金縛りになった人々が我に返って、怒号とともに襲いかからんとしたとき、その足を止めたのは、ダミアンの描く止まらぬ流れであった。

月が出ている。

月光の下で、若者はコートを脱ぎ捨て、黒いタイツ姿となっていた。

何処《どこ》からともなく流れ出した調べを人々は聴いた。

円舞曲《ワルツ》である。

だが——踊り手はひとりだ。

だが——そうではなかった。

その場に居合わせた誰もが見た。若者とともにステップを踏み弧を描くこちらは純白のドレス姿の娘を。

「マリア」

と若者は呼び、

「ダミアン」

と娘は返した。

彼らは月光を引いて踊った。光は二人を照らし、その回転に巻きこまれ、渦流れとなって後を追った。

家々に変化が生じた。日没と同時に明りを消した家々の窓に、ぽっとかがやきが点《とも》りはじめたのだ。

それから、玄関の扉が開き——現われた影たちは広場へと歩き出した。

広場はたちまち埋まった。彼らは立ち止まりはしなかった。夫は妻の手を取った。兄は妹の腰に手を当て、姉は弟のステップに合わせる。全員が円舞曲を知っているわけではない。だが、ダミアンたちの踊りを見ているうちに、足は弧を描きはじめ、触れ合う腰は熱を帯びた。

誰の耳にも届かぬ声で、ダミアンは、

「これでテラーズ公への顔が立つ」

と言った。

突然、火薬銃の轟《とどろ》きがワルツ色の夜気を裂いた。

広場へサイボーグ馬を乗り入れて来たのは、トーバーナと部下たちであった。

「我々はこれからテラーズ公の墓を破壊する」

と副町長は暴挙ともいえる宣言をした。

「敵もそれなりの防禦《ぼうぎょ》策は講じているだろう。この町が無事で済むとの確証はない。夜が明けるまで、みな家の中で待て」

四本銃身の火薬銃を摑《つか》んだ右手が、ダミアンに向けられた。そこに立つのは、彼ひとりきりだ。

「おまえたち――テラーズ公の汚れた配下よ、いまここで引導を渡してくれる」

「公はじき戻る」

ダミアンは薄く笑った。嘲笑であった。

「墓を破壊すれば公の脅威が去ると考えるのは、人間どもの浅知恵だ。公の復讐がいかなるものかは、おまえたちも先祖からの言い伝えを知っておろう。それを記憶しているのなら、敵対者はいますぐこの場を去れ」

華奢《きやしや》としか見えぬ若者の宣言は、この場を圧した。トーバーナは沈黙したのである。

だが、自らのそんな怖れを塗りつぶすかのごとく、

「塵《ちり》と化せ！」

火薬銃は四本の火線をダミアンの上体に引いた。確かに四個の弾痕が穿《うが》たれたのである。一発は若者の右眼を黒い穴に変えた。

彼の足音で小さな音が続いた。弾痕から押し出された四個の弾頭であった。

「貴様は――〝人工体〟だな」

驚きに満ちた声で、トーバーナは、

「火炎銃」

と叫んだ。一頭の騎馬が前進した。騎手は背中にブリキ製と思しき円筒《タンク》を二つ負っている。

右手の短銃型のノズルから、青い炎が覗《のぞ》き、ごおと蛇体のごとく伸びた。

「やめて」

とダミアンは放った。女の声であった。炎は止まり——戻った。

ダミアンの位置には若い娘が立っていた。ダンスの相手だ。名はマリア。

「幻だ。焼き殺せ」

トーバーナは歯ぎしりをやめて叫んだ。

「やめろ」

遙《はる》かに年を食った、遙かに威厳のある声が命じた。

広場へ入ってきた馬上の老人が放ったものだ。

「スモクト町長」

「トーバーナよ、戻れ」

と老人は言った。いや、命令であった。いつもなら否応なく従わされたひと声だ。だが、副町長は銃口を彼に向けた。

「無駄だ。引金を引く前におまえは死ぬ」

町長は冷然と告げた。それは事実なのか、トーバーナはためらった。配下の者たちも身を固くした。決着はついた——と見えた瞬間、

「ここにいたか、町長殿は」

声の主は、いま別の道から入ってきた、長衣の男であった。恐るべき長身だ。二メートルを

楽に越す。

「デラノーチェ道師」

町長が軽い会釈《えしやく》を送った。それに返して、

「私の占いでは、テラーズ公の一味は根こそぎ滅ぼすべしと出た。邪魔はしないで貰《もら》いたい」

「テラーズ公はいずれ斃《たお》す。それが復活祭の主旨だ。いまは去ってもらいたい」

「残念だが、私の雇い主はそちらの副町長だ」

「なら、斃すべき者の名簿の中に、わしの名も入っていたはずだ。遠慮はいらんぞ、道師よ」

「なら話は早い」

デラノーチェが満面の笑顔をこしらえた。何たる不気味な笑いであることか。

〈辺境〉一《いち》といわれる悪鬼〝笑い鬼〟でさえ作れぬ魔笑であった。

対して、老町長は右手を自然に垂らした。

二人の戦いとはどのようなものか。そして、結果は？　Dよ、いつまで眠り続けるのだ？

2

いかに副町長に喚《よ》ばれた宗教団体の道師といえど、町長と戦い、勝利を収めたとなれば、そして、勝利が死という名前であったとすれば、ただで済むはずがない。現に町長派ともいうべき人々の眼には、はっきりとデラノーチェ道師に対する敵意と殺意が宿っていた。

馬上のスモクト町長の右手が閃くのが先か、道師の技が迸《ほとばし》るのが早いか。死者を斃すための祭りはいま、生者へ死を贈る殺戮《さつりく》へと変貌しつつあった。

トーバーナ副町長も、この変化に緊張し、手に汗を握り、そして——ほくそ笑んだ。

スモクト町長の実力は彼も知っている。対して道師の技を知るものではないが、その恐るべき実力は、Dに傷を負わせたジュハン道師とデイドーリン道師を見れば明らかだ。町長が死亡すれば、町議会の規定により、町長の地位は自動的に彼に移譲される。

どちらからでもいい。早いところ火蓋《ひぶた》を切れ。

そんな思いに、ひとつの声が水を差した。

「待ったあ」

大音声《だいおんじょう》の主は、いま、デラノーチェ道師がやって来たのとは、正反対の道を辿って現われたバイクの主であった。

貴族ハンターのラッドだ。

「いやあ、いい女を見かけたんで口説いてたら、日が暮れちまったか。おい、何とか道師よ、あんたの相手は、このおれ様だぜ」

「どこかで聞いた名前だな。糞《くそ》ハンターのひとりか。町長に雇われているのなら、今すぐ下りるが上策だぞ」

「こっちの台詞《せりふ》だ。てめえが何様か知らねえが、おれには――」

ここで、ふっと物忘れしたような表情をこしらえ、

「――がついてるんだ」

と言い放っても、まだ忘れっ放しの風であった。

だが、問題はそれではなかった。軽侮《けいぶ》のうす笑いをこびりつけていたデラノーチェ道師が、別人のような緊張に打たれたのだ。ラッドの空白の名前を読み、その名が途徹もない力の主であるとでもいう風に。

だが、驚愕《きょうがく》はすぐに消えた。

彼は自分の左胸を拳《こぶし》で叩いてみせた。止めてみろとも刺してみろとも取れる挑発の動きであった。

ラッドがそれに応じる前に、町長のかたわらにいたひとりが、長弓につがえた一矢を、デラノーチェ道師へと放った。

矢は弦《つる》を離れる寸前、反転し、彼の喉からうなじへと抜けた。

凍りついたような沈黙が悲鳴に変わる寸前、

「雇い主のお仲間だが、邪魔をするんじゃねえよ」

ラッドがバイクの上で歯を剝《む》いた。

「借りですかな、これは？」

デラノーチェが軽い会釈を放った。

「気にすんな」

ラッドの身体がかすんだ。エンジン音もなく、バイクが疾走したのである。

「待て！」

叫んだのは、トーバーナだ。

配下の者が構えていた火薬銃が火を噴いた。槍が唸《うな》り、弓矢が風を切って飛んだ。

トーバーナは眼を剝いた。いや、スモクト町長と取り巻きまでが硬直したのである。彼らは攻撃者たちがのけぞり、前のめりに倒れるのを見た。その胸と喉と腹部を射ち抜いているのは、彼ら自身がラッドに放った弾丸であり、矢であり、槍であった。そして、これは彼らにしかわからないことであるが、命中箇所は、全て彼らが狙った地点だったのだ。

ラッドの綽名《あだな》が、〝逆返し《さかがえ》〟のラッドとは、〈辺境〉でも知る者は多くない。彼を狙った弾丸も矢も、ふるった刃も、ことごとくその行為者自身に、〝逆返し〟されるのであった。

デラノーチェは右へ飛んで、ラッドの突進から逃れた。

彼がいた地上で、ラッドとバイクは反転した。その場へバイクごと自身を横倒しにするや、いかなるハンドルさばきの妙か、横滑りにデラノーチェの足下へ突入したのである。

バランスを崩しながらも、道師は二メートルほど左方へ飛びのいたが、そこで足をもつれさせ、よろめいた。両手で顔を覆う。

「なんでえ、見かけ倒しかよ」

地面すれすれから放たれたラッドの声は、すでに嘲笑の気味がある。

彼はポンチョの内側に入れていた右手を抜いた。火薬銃が付いて来た。勝負ありの瞬間であった。

火器が火を吐く寸前、デラノーチェは両手を離した。

両眼に瞳はなかった。眼窩《がんか》を埋めるのは黒紫色の闇であった。

ラッドは車体から落ちた。メカニズムのみが回転を続けながら前方へと滑走を続けた。

この後《のち》、検死に当たった町の医師によれば、ラッドの死因は急性の心臓麻痺だったという。

問題はその死顔であり、余程怖ろしいものでも見たらしく、両眼は飛び出し、舌がほとんど食いちぎられていたのは、恐怖を克服するあがきだと思われた。

デラノーチェ道師は、トーバーナの方に向き直って、

「これで邪魔者は消えたはずだ。町長殿はどう出て来る？」

返事は別の人間がした。

「トーバーナ」

ひときわ高くその名を呼んで、スモクト町長はかっと両眼を見開いた。

「これ以上の暴挙は許さん。退去せい」

「それは聞こえませんな。町長。あなたと等しく私にも、この町の秩序と安寧を守る義務があ

る。それには、復活前に公の墓所を破壊し、遺骸の心臓に楔《くさび》を打たねばなりません。私はあなたの指示を否定します」

「そこの道師の手を借りるか?」

「やむを得ませんな」

静寂が広場を打った。新たな死が生まれる予兆に、全員が身を硬くした。

そのとき――

「テラーズ公」

呻きより呪詛《じゅそ》に似た声がひとつ生じ、数瞬の間《かん》で広場を席捲《せっけん》した。

あらゆる視線の中心にいるのは、ダミアンであった。

彼は胸に片手を当て、恭《うやうや》しく一礼してからこう宣言した。

「公はじき甦る。それまで何人《なんぴと》といえど、勝手な行動は許さぬ――とのことだ」

声は確かにダミアンのものなのに、その姿には別人のような凄《すご》みがあった。それが人々を釘《くぎ》づけにした。

ダミアンとマリアが馬車に近づき、その中と御者台に移っても、動く者はいなかった。

人々の思考と肉体が自由を取り戻したのは、馬車が走り去ってからである。

「どうするトーバーナ?」

スモクト町長の問いに、反逆の副町長は、背後の仲間をふり返って、

「二人――あの馬車を追え。後は酒場で待機だ」

無論、馬車を尾《つ》けた二人は戻って来なかった。

ゲヂとともにスフラ老婆宅へ向かった活動隊が戻って来たのは、トーバーナたちが酒場へ入ってすぐだった。

ゲヂひとりを置いてきたと告げられ、トーバーナは激怒し、デラノーチェ道師とともに老魔術師の下《もと》へ向かおうとしたが、デラノーチェは拒否した。

「それは契約外なのでな」

「そうではあるまい。向うにはDがいる。いずれは斃さねばならん相手だ。いま始末して貰いたい」

横合いから声がかかった。

「私が」

「デイドーリン、いつ来た？」

デラノーチェ道師が唇を歪《ゆが》め続けた。

「さっきからいたわ」

「ただ働きになるぞ」

「大公が戻ったら、私たちも勝てるかどうか。その前に、町長の息がかかったDが立ち塞《ふさ》がるでしょう。トーバーナ氏の言う通り、今のうちに手を打っておくべきよ」

「ならひとりで行きたまえ。わしは関心がない」

美女の眼に怒りの炎が点《とも》ったが、見事に抑えて、デイドーリン道師は、副町長と部下たちともども店を出て行った。

水中で、ある意識が強固なものになりつつあった。
――好きにはさせぬぞ、テラーズ
とそれは叫び続けていた。すでに崩壊した肉体は散り散りになっていたが、意識はその強靭さを武器に、恐るべき現象を生じさせつつあった。

副町長たちが到着したとき、スフラ婆《ばあ》の家に、Dとライカの姿はなかった。

「何処へ行った⁉」

と喚《わめ》くトーバーナへ、天井から返事があった。

貼りついていたらしい人影が前面から叩きつけられ、すぐに火のように起き上がった。

「ゲヂ‼」

立ちすくむ父親の胸へ、死んだはずの息子は、二歩前へ出て、手にした長剣を貫通させた。

のけぞり倒れる身体から自然に抜けた刀身を、立ちすくむ父の部下たちにふるった。血しぶきが床と壁に散った。殺人者が自分の方を向く前に、デイドーリン道師は一歩踏み出した。

ゲヂの切尖《きつさき》は相対する前に美女の首へと走った。次の瞬間、彼の身体は鮮やかな宙返りを決めて頭から石の床に落ちた。

起き上がろうとする間も許さず、女道師が五指を伸ばした。繊指《せんし》はゲヂの心臓を貫き、彼を即死させた。

さらに何たる真似か、その右手を引き抜いたとき、この美女は肋骨の砕ける音とともに、ゲヂの心臓も引き抜いたのである。血まみれの肉塊を凝視し、戦慄《せんりつ》の美女はこうつぶやいた。

「貴族もどきと化した副町長の息子――ただの用心棒役では勿体《もつたい》ない。おまえ自身をこうした相手の行先を教えてもらおうか」

時が迫りつつあった。

待つという行為は、理由の如何《いかん》によらず、緊張を強いるものだが、今夜のランジュの町はその緊張の鎖《くさり》に骨まで絡め取られていた。

みな知っていた。待つことの先に何があるのかを。そのもたらす結果を。知っている。なのに何故《なぜ》、人々の大半はここに残るのか？

なおも花火は打ち上げられ、住人たちは踊り狂う。夜風に舞う花びら、休まぬ電動楽師《オートミュージシャン》たちの演奏はやはり円舞曲《ワルツ》に違いない。

あと三十分足らず。

その時、星がひとつ宇宙《そら》より堕《お》ち来《きた》りて王が現われる。世界は、その前にひれ伏すに違いない。

それで済むのか？　否《いな》だ。王は温和な政治者とは違う。民を苛《さいな》み、その悲鳴と絶叫を献上させて歓喜の歯を剝く魔王だ。歯を？――いいや、牙《きば》を。

だが、その暴虐の果てに待つものが何かは、誰も知らぬ。

平穏ならぬ死――これに間違いない。

だが、結末は「もどき」で終わるのか？

より苛酷な運命があるのか？　そして、人々は何故逃げぬ？

光が世界を白く染めた。稲妻だ。雷鳴はない。こけ威《おど》しは不要だとでも言うように。

光と闇の音もなき交響下の道へ、影たちがまろび出た。町の家々から抜けた住民たちであった。

歩き出す。ある方角へ向かって、おびただしい人々が手もつながずに黙々と。それは短い小旅行か。長い長い旅か。

酒場の窓際の席で「移動」に気づいたトーバーナの手下が、カウンター手前のデラノーチェに告げた。

バーテンのスペースを空けて、道師の前には大きな鏡が掛けてある。窓外の光景が映るそれに眼をやり、

「あと二十分。あんたはいいのか?」

とデラノーチェはバーテンに訊いた。

どこか気もそぞろだったバーテンは、無言でカウンターを出て、真っすぐドアのところへ行った。

ドアが閉まる前に、窓際の男たちも次々に後を追い、デラノーチェひとりが残った。

「たかが貴族ひとりの復活でこの騒ぎか——と言うてもテラーズ公。この先何が起こるか、おれにも分からんぞ。さて——デイドーリンはDと遭遇し仕留めたか」

席を立とうとしたのは、それを確かめに行くつもりだったのかも知れない。

その動きを止めたのは、入って来た人影であった。

「これは町長殿。しかし、町の連中の後追いをしないとは、大した意志の強さですな」

「いやいや、呉越同舟さ。トーバーナがいるかと思って寄ってみたが、みなと合流したか?」

スモクト町長が訊いた。

「いいや。デイドーリン道師とDの下へ駆けつけました。スフラとかいう魔女の家ですが」

「そろそろ――テラーズ公のおでましだが」

「私も向いますよ――トーバーナ副町長の依頼を果たしてから。テラーズ公を復活前に斃すことは叶《かな》いませんでしたが、これから対処致します」

二人は対峙した。町長が窓の外へ眼をやって、

「デイドーリン道師とは、あなたの奥方だそうだが。何故、同行しなかったのか？」

「仕事ではないからですな」

「だが、奥方は出かけた、ひょっとして――美しい男に見惚《ほ》れたか」

「その言葉は高くつきますぞ、町長。楽に死なせて差し上げるつもりだったのですが」

デラノーチェは俯《うつむ》いた。引金に指がかかったのだ。いま貯えてある力の放射によって、ラッドの心臓は停止した。

対してスモクト町長の技は？　トーバーナを戦慄させたそれは、デラノーチェとの闘争を勝利に導けるのか？

3

「前の者！」

　町長は絶叫した。心臓を釘づけするような怒号に、道師は息を止めた。

　町長は右手を道師の――まさしく心臓の方へ伸ばし、拳を握った。五指と握りあうとき、デラノーチェ道師は眼を剝いた。心臓に凄《すさ》まじい圧搾《あっさく》を感じたのだ。まるで握りしめられたかのような。

　短く息を吐《つ》くと同時に、町長は右手を引いた。何かが砕ける音が店内を渡り、デラノーチェの口と胸部から血塊が噴出した。

　どっと崩れる身体を見下ろし、スモクト町長は、その胸へ右手を振った。彼は何も持っておらず、道師の胸だけが裂けていた。

「残るはひとり――ここで待つとするか。いや、あと十五分」

　町長は緊張が詰まった声でつぶやいた。

「やはり、出かけよう。町民の意志だとはいえ、死んでいくのを手をこまねいて見ているわけにもいかん。しかし、今となってはこの事態を収拾できそうなただひとりの男――Dは何処に行った」

黒衣の若者はスフラ婆《ばあ》の地下室で、なお眠りについていた。すでに輸血の道具は外され、粗末なベッドの枕元にはライカが上体を載せていた。

その顔は、時に純情そうな乙女のものであり、時に、妖艶な貴族のそれに化けた。

いま、この世の男たちをひとりの例外もなく腑《ふ》抜けに変えられる美貌が、甘い吐息とともに、口惜《くや》し気にこう囁《ささや》く。

「どうしても……どうしても……おまえを殺せぬ。何という美しい男。虜《とりこ》になったのは……わらわの方か」

女は――ミノラールは、媚《こ》びと情欲と絶望に満ちた声でこうつぶやき、Dの胸に頰を乗せ、その唇へ己の唇を重ねようと努め――寸前で戻る。その怨《うら》みと憎しみに塗りつぶされた顔には、かすかな哀しみの色があった。

「口づけすら出来ぬ――何が邪魔をしているのじゃ」

すると、同じ朱唇《しゅしん》が、別の声で応じた。

「あたしのせいよ」

ライカであった。

「おのれ――おまえのごとき小娘が邪魔をするか?」

「忘れちゃいないでしょうね。これはあたしの身体《ボディ》よ。いくら領主さまのお妃だって、何もかも好きにはさせないわ。この男《ひと》にキスなんて許さない」

「邪魔者めが」

ミノラールの唇から歯ぎしりの音が洩《も》れた。血走った眼が動揺を堪《こら》えて、

「このわらわが、こんな小娘に邪魔をされるとは——あり得ない。娘よ、誰がおまえに力を与えている？」

「誰が？　おかしな言い掛りをつけないでよ。あたしは、あたし。ひとりしかいないわ」

「そんな筈《はず》はない」

ミノラールは激しくかぶりを振った。

「このような惨状をつくり出せる力の持ち主は我が夫——いや」

これまで何度も生じた思案の翳《かげ》が貌《おもて》を覆った。消える寸前、ひとつの言葉が、新たな表情を生んだ。それは驚愕であった。

「まさか……まさか……あの方が……」

その顔がライカに変わったのは、彼女らの力が勝ったのか。

「D」

と彼女はささやいた。頬が染まっている。

「あの女の輸血の影響はもう取れているはずよ。甦って頂戴。あたしも続くわ」

「ならぬ」

ライカはミノラールの声で言った。

「わらわは、この男を夫の復活まで眠らせておくつもりであった。だが、別の力が干渉してくる以上、始末しておくのが上策かも知れぬ」

淡い照明の下に、光が生じた。妃がナイフを抜いたのである。

振り上げた切尖の目標はＤの胸だ。

「何かが起きる」

とミノラールは固い声を出した。

「戻った夫は、その脳裡《のうり》にある運命を辿れるとは限らぬ。そうさせるのは、この美しい男じゃ。わらわの思いとは異なるが、今処分してくれる」

刃は振り下ろされた。

「こうなるはずではなかったのじゃ」

ミノラールは薄笑いを浮べたが、何処かこわばっていた。

「だが、おまえはわらわの自由にならぬ。わらわはおまえの死を選んだ」

美貌が天井を向いた。

「おお、あと十分足らずで、夫が天より復活する——急がねばならぬ」

無人となった地下室に、Ｄのみが残った。

こんなとき、彼の復活役を担うのは左手だ。地水火風のもたらすエネルギーを駆使して、たびたびDを甦らせてきた。

だが、いまは本体同様ぴくりとも動かない。ミノラールの妖力は、彼の力をも呪縛しているのか。

小さな足音が生じた。階段を下りてくる。音響は小柄な人物のものだと告げていた。

ドアが開いた。

入って来たのは大きな袋を肩からかけたダイアンであった。

馬車に残っていたはずの娘が、どうやってここを探り当てたのか。

しかし、彼女は滑るようにベッドのDに近づき、胸の短剣に手をかけるや、引き抜いた。刃はすぐに左手首に当てがわれた。短い一閃《いっせん》。したたる血潮とともに、手首は床に落ちた。同時にその手の平で、小さな口が形を整えた。

「うーむ。あの妃の妖力――大したものじゃ。このわしとしたことが身動きもできなんだ。よく来てくれたぞ。だが、どうしてここに我々がいるとわかったのじゃ？」

「命じられたのですわ、行けと」

左手の眼は閉じられ、それ以上は質問を放たなかった。何かを納得したのである。

それは器用に身を捩《よじ》って俯せになると、五指を巧みに操り、床の血溜りに這《は》い寄って行った。

舌舐《な》めずりの音が聞こえた。血を舐め取っているのだ。

それが終わると、その身体は土で埋もれた。ダイアンが袋の中身を浴びせかけたのである。ここへ来る途中ですくって来たらしい。

それはすぐ左手の腹中へと消え、

「よし」

とうなずく声がした。

左手はベッドへと這い寄り、ぴょんと躍り上がった。それは切り口からで、Dのそれとぴたり重なったのである。

ごおと風が鳴った。

音は結合した左手の平に吸いこまれた。小さな口の中へ。

それに合わせた口の奥から青い炎が噴き上がって来た。

地水火風すべて揃《そろ》った。

いつだ、Dよ?

その両眼が、大きく見開かれた。

スモクト町長は、〈テラーズ公〉の第二邸宅の前に立っていた。

他は無人だ。トーバーナもデイドーリン道師の姿もない。デラノーチェはついさっき斃したばかりだが。

「町の連中は何処だ？」

と口を衝《つ》いたほど、意外な光景なのであった。

町長の影が地に焼きついた。

門前の広場の中央に、光の球が盛り上がった。

「これは！」

呻き声とともに、町長は闇を見た。

スモクト町長が意識を取り戻したとき、世界は何も変わっていなかった。

ひとつを除いて。

十メートルほど前方に、石の柩《ひつぎ》が横たわっていた。

立ったまま失神していた時間は、十秒とかかっていなかったようだ。

石棺《せっかん》の方へ歩き出そうとした町長の眼に、町の方から駆け上がって来るサイボーグ馬と騎手の姿が映った。

デイドーリン道師であった。

下馬して町長に、

「後は任せてもらうわ。あなたは町民を捜し出しなさい」

と言った。町長はかぶりを振った。

「町民の生命《いのち》は、その柩の主にかかっている。始末するのが先だ」

デイドーリンはこだわらなかった。

「なら邪魔だけはしないで」

「こっちの台詞だね」

二つの決意が柩へと歩み出したとき、光るものが飛んで来た。

デイドーリンの短剣が打ち落としたものは、黄金のナイフであった。

彼方の道から、ふわりと浮き上がった女は、音もなく二人と柩との間に着地してのけた。

「あなたは——Dのお仲間」

デイドーリンの眉を寄せさせたのは、奇怪な登場をしてのけた人物がライカだったからだ。

「だといいんだけどね」

ライカは左手の舞扇で顔を隠した。

扇が下ろされると、ミノラールの顔が現われた。

緊張の鎧《よろい》をまとうデイドーリンへ、

「今は夫の復活を待つ時じゃ。おまえと争うつもりはない」

言い置いて、柩を見つめた。

「どのような姿で現われるおつもりか。まさか、あの娘と一緒ではあるまいな」

デイドーリン道師が妙な表情になった。彼女はテラーズ公が既にヴァミアに取り憑《つ》いて、降臨したことを知らずにいた。それに町長も同じだ。

ミノラールが先に一歩を踏み出したのは、お妃特権とでもいうべきものだろう。

四歩目で止まった。

柩が震えている。

「あと五秒」

デイドーリンが言った、体内時計を有しているのだ。

「四秒」

ミノラールが更に進んだ。

「三秒」

前進が止まった。柩が震え出したので、誰ひとり瞬《まばた》きひとつする間もなく、柩は四散した。

「これは大胆な」

咄嗟《とっさ》に身を伏せたスモクト町長の言葉は、柩の破片に何処かを打たれたらしい苦痛が刻まれていた。

デイドーリンのひとことは冷静であった。

「誰もいないわ」

破砕した柩のあとには誰もいなかったのである。

「何処へ？　いや、それとも――？」

「いなかったのでしょうね。最初から」

「なら、今は何処に？──妃もいないぞ」

町長は血走った眼で周囲を見廻した。

「あっ⁉」

と放ったのは、屋敷へ眼を向けたときだ。一階の左端の窓が光を湛《たた》えている。

「いつの間に。妃もあそこか？　いや、ひょっとして、今日の復活劇は全て偽り《フェイク》だったのか？」

驚きよりも怒りよりも絶望的な色彩《いろ》がこもる声であった。

それには応じず、デイドーリンは館のエントランスへと走った。

扉は開いていた。

後をついて来たスモクト町長が、広大なホールをひと目見て、これは？と凍りついた。

町民たちが横たわっているではないか。ダミアンとマリアのダンスに参加し、復活の時刻に合わせて通りを行進し去った彼らは、老人から赤子までソファと絨毯《じゅうたん》の上に身を横たえていた。

申し合わせたように、仰向けに並んでいるのが不気味この上なかった。

彼らは廊下にも並んでいた。踏まぬように二人は進み、思ったより早く、灯《あかり》の間へと着いた。

「ここは──居間だ」

と町長が言った。彼は責任上、領主の館の表向きの構造は熟知していたのである。

だが、灯以外は無人であった。

「彼は地下――墓所だ」

二人は突き当たりの階段を下りて、石壁に嵌《は》めこまれた鉄扉の前に立った。

デイドーリン道師が押すと、扉はゆるやかに開いた。

古代好みの貴族に合わせて、粗い石を重ねただけの壁と床と天井の部屋であった。柩もない。

二人の男女だけがいた。

紫のガウン姿の偉丈夫と――朱唇に劣らぬ真紅のガウンにかがやく牙を映す美女と。

「戻ったか、テラーズ公」

と町長がきしるような声で言った。

「実は少し前からな」

と偉丈夫――テラーズ公は笑みを見せた。唇の端に二本の牙が光った。

「まあ良い。戻った以上、領主としての務めを果たさねばなるまいな。私を抹殺せんとした者たちは、みな消えたとやら。残るは最後の刺客《しかく》――うぬか？」

真紅に変わった双眸《そうぼう》が、デイドーリンを捉えた。不思議と憎しみはなかった。

次の笑みも苦笑であった。

「もうひとり――つかの間私と同居していた女が、本来の私の邪魔をする――離れよ」

彼は身をゆすった。幻のような人影がよろめきつつ分離し、ミノラール妃《ひ》が抱き止めた。ヴァミアという娘であった。

「ならば――わらわも」

同じ過程を経て、ライカが妃の腕の中に現われた。

二人の貴族の両眼が爛々《らんらん》と――この世ならぬ狂気の光を放ちはじめた。

「この娘二人、わらわの好きにさせて下さいませ」

「よかろう」

妃の牙はまず、ライカの首すじに躍った。

狂喜を堪えたその両眼を、白い針が貫いた。絶叫とともにのけぞる美女の前――鉄扉の前に、黒衣の人影が立っていた。投擲の右手を伸ばしたまま。

「――D⁉」

第七章　「奴」の旗の下に

1

正しくD。

彼は右手を下ろすや床を蹴った。跳躍は疾風《はやて》であった。

ずん！と割られた頭部をミノラール妃《ひ》は押さえた。それで出血は止まるはずであった。だが、鮮血と脳漿《のうしょう》はその手を押しのけて噴出した。

よろめくドレス姿を抱き止め、テラーズ公は、むしろ静かに言った。

「――Dか。こうなると知っていた、と告げたら驚くか？」

「――」

妃《きさき》の頭部に青いハンカチを当てて、

「眠っている間、わしは長い夢を見ていた。何ひとつ覚えてはおらぬが、そこには二つの赤い瞳が世界を占めていた。あれは——わかるか、Dよ。誰の瞳かと?」

　返事はない。

「その瞳はこう言っておった。甦《よみがえ》ってはならぬとな」

「……」

「だが、時は巡り——わしは戻って来た。恐らくは、誰ひとり喜ばぬ復活であった」

「おれも見た」

　Dの方はつぶやきであった。

「——何と⁉」

「時折りだが。夢の中に二つの眼が現われた。おまえの見たのと同じものだろう。しかし、おれを見ていたわけではない」

　Dの声に、わずかな乱れが生じた。

「では——何を?」

「多分——世界だ」

「世界?」

　呻《うめ》き声が上がった。テラーズ公にあらず、ミノラール妃のものであった。

「この女も、わしを待っておった。恐らくは何も知らず、過去の復活だけを求めてな」

「なぜ、自ら求めぬ復活を奴は叶《かな》えた?」

テラーズ公はかぶりをふった。

わからぬと百万遍も言葉を重ねたようなふり方であった。

「戻らぬ方が良いものが戻って来た――戻ってはならぬと心得ているものの手でな」

「奴か」

Dのつぶやきが、届いたかどうか、テラーズ公は表情にゆらぎを加えた。

「わしはどうやら、復活してはならない存在だったらしい。と言っても、もう遅いが。Dよ――わしを討つか？」

「よかろう」

「滅ぼせ」

二人のかたわらで、町長の声がした。

「滅ぼしてしまえ。この町に、この世界に、おまえは不要だ」

激情に身を震わせる老人を横眼で一瞥《いちべつ》し、テラーズ公は笑いの形に唇を歪《ゆが》めた。

「世界に不要なものなどない、と誰かが言った」

Dの言葉であった。

テラーズ公が視線を当てて、

「誰が言った？」

と訊《き》いた。

「忘れた」

「遠い昔のことか」

「かも知れんな」

Dが前に出た。白刃《はくじん》は右手にあった。

「待って」

とデイドーリンが止めた。

「ここは私の出番よ——邪魔をしないでよ、D」

返事も待たずテラーズ公と相対した美女の全身は、闘志の炎に包まれていた。

「朋輩《ほうばい》二名——全て討たれた。残る私が、おまえの心臓をこの手で処分しなくては気が済まぬ」

おまえとは、テラーズ公の意味だ。だが、その前にふらりとミノラール妃が立ちふさがったのである。

真紅のドレスは別の朱——自身の血と脳漿に染まり、白木の針に貫かれた両眼は、開かぬそれを見たものが石に変わりそうな鬼気を放っている。

「下がれ」

とテラーズ公が命じても、ふり返りもせずに、酔ったような足取りで、デイドーリン道師の前に直進した。

「夫はわらわが守る」

と言った。血にまみれた死者の声であった。だが、この妃は、スフラ老婆《ろうば》に夫の大欠陥をDに教えろと命じていたのではないか。この辺は他には永久にわからぬ夫婦の機微なのかも知れないが、美しく跳躍に舞った。

両眼がDを射抜く——左手すらその役目を果たせなかった金縛りの眼が！　だがそれは二つともに縫われていた。

攻撃も防禦《ぼうぎょ》もなく跳びかかって来た女の心臓を、逡巡《しゅんじゅん》もせずデイドーリンの五指が貫いた。

Dはテラーズ公を追った。

だが、その前に別の影が立ったのである。

「ヴァミア」

と告げたのが、誰かはわからない。

ふり下ろしたDの刀身は、娘の鼻先十分の一ミリを外して過ぎた。

「わしを斬ればこの娘も死ぬが」

とテラーズ公は言った。

「それをやるか」

Dの眼に鬼気が宿った。

「やる気だな。だが、待て。少しの間だ。まだ、やるべきことがあると、誰かが話しかけてくる。おまえとの勝負はその後だ。この娘は連れて行く。弾除《たまよ》けだが、やむを得ん」

　ふたすじの光が走った。

　ヴァミアを外して放った白木の針であった。

　テラーズ公は左手をふった。一本は床に落ち、彼は手の中心を貫いたもう一本を見つめた。

「受け止められたのは一本か。Dよ、おまえは何者だ？」

　Dはすでに跳躍し、テラーズ公の頭頂部から股間まで一気に斬り下ろしていた。

「わしが速かったな」

　五メートルほど部屋の奥――巨大な絵の前で、テラーズ公の声がした。

「手を貫かれた瞬間に思い出した――わしの復活を妨げる理由《わけ》を。Dよ、今しばしの時間を貰《もら》うぞ」

　彼は掛けられた絵に右手をのばした。

　絵は月光のさしこむ森の姿であった。

　木立ちの奥にひとりの貴族らしい人物が立っている。

　テラーズ公はその右脇へと右手をのばしたのである。奇しくも指先同士が触れ合う位置であった。

「あっ⁉」

　驚愕《きょうがく》の叫びを放ったのは、デイドーリンとスモクト町長であった。

ひと組の男女は、絵の男の手に引かれたかのように、すうと絵の中に入りこんだではないか。

Dのかたわらをデイドーリンが走り抜け、跳躍するや、右手の五指を絵の表面に突きつけた。

五本の爪に引き裂かれたカンバス地は、しかし、三人のモデルを月光に映していた。

そして、新しい二人は確かに胴体を斜めに両断されながら、こちらに背を見せて森の奥へと歩み去ったのである。

「あの絵の場所は何処《どこ》だ？」

Dがスモクト町長をふり返った。

「東南、ギルディアの森だ」

「何がある？」

「何も。わしの知る限りは平凡な森だ。幽霊話のひとつもない。強盗事件は記録されているが、それも十件に満たん」

「絵としては大したものではないな」

全員が急に審美眼を備えたDの左手に眼をやった。

「なのに最も行き易い場所に掛けられていた。重要な地点だということじゃ」

Dは戸口へ歩き出した。

死者のホールへと向かわず、北翼《ウイング》のホールへと入った。

中央でステップを踏んでいた二つの影が、優雅な動きを止《や》めた。

「何をしにここへ？」

「おまえたちの踊り《ダンス》――テラーズ公を甦らせるためのものか？」

「左様でございます」

とダミアンが大儀と思われるほどに深々と頭《こうべ》を垂れた。マリアはかたわらで沈黙している。

「森の中で踊ったことは？」

「過去に一度。ギルディアの森でございました。ただ――軽いレッスンに過ぎませぬ」

「それでもやったのだな。テラーズはいまそこにいる」

「それでは――」

「来るか？」

「はい」

ダミアンの眼が光った。どんな思いがこめられていたものか、Dにもわからなかった。

嗄《しゃが》れ声が上がった。

「じゃがな、テラーズ公はすでに甦った。その儀式の一環たるこ奴らのダンスはもはや不要ではないか。連れていってどうする？」

「わからん」

Dの返事はにべもない。

「だが、彼らはなお滅びず、ワルツを踊り続けている。テラーズは彼らを待っているはずだ」

おかしな理屈だが、左手も文句はつけなかった。人間の常識を貴族に適用するのは無理があるのだ。

数十分後、一頭の騎馬と馬車は、降り注ぐ月光を徹底的に拒否する鬱蒼《うっそう》たる木立ちの前で停止した。

「何処におるのか？」

嗄れ声が全員の胸の裡《うち》を代弁した。

2

「お待ち下さい」

と御者台《ぎょしゃ》のダミアンが眼を閉じた。

風はある。木の葉は揺らいでいる。

「風のささやきをお聴きなさい」

と隣席のマリアがささやいた。

「ロマンチックな所におるか、テラーズ公」

嗄れ声が笑いを含んで言った。

「あっ‼」

マリアが眼を丸くして、頭上の月を見つめた。

ひとすじの光が森の奥を貫いている。目的地はそこだと告げている。

「世界はどっちの味方かのお」

嗄れ声には答えず、Ｄは馬首を巡らせた。


その一角だけは、天地に蛇行する幹や根の王国から離れて、草の一本もない空き地の体裁を整えていた。

虚空から降りそそぐ月の光の下で、二人の男女が、ある物体を見つめていた。

地中から出現したと思《おぼ》しい巨大な石塊の山である。

どれひとつとっても数トンにありそうな岩石は、見たものが震え上がるような微妙なバランスの上に積み重なっていた。

風のひと吹きで三〇メートルの石山は崩落するとしか思えなかった。

「いかが？」

とヴァミアが揶揄《やゆ》するように訊いた。

「何のための代物かわからないけれど、地面の中から飛び出て来るとは驚いた。芸術してるんじゃないわよね」

「じきにわかる」

とテラーズ公は闇にそびえる石の山を見上げた。

「だが、それまで保《も》つかどうかだな」

岩塊は微かに揺れているのだった。

轍《わだち》の音が近づいて来た。

二人のダンサーを御者台に乗せた四頭立ての馬車は、テラーズ公のかたわらで停止した。

「来たか」

人の形をした風のように地上へ舞い降りたダミアンとマリアへ、テラーズ公は微笑《ほほえ》みかけた。

「参上いたしました」

「なぜ招かれたか――わかるな?」

「はい。私たちごとき者のために、恐れ多い目的でございます」

「始めい」

テラーズ公のひと声とともに、二人は手を取り、背にあてがい、月光に合わせるようにステップを踏みはじめた。

大地はその響きを伝え、空気は髪の毛と風の触れ合う音を重ね得た。

岩塊の頂きから、小さな破片が落ちて、テラーズ公の足下で止まった。

「危ない」

ヴァミアがささやいた。

だが、それきり変化はなく、二人の踊り手はやがて踏み終えた。

「わしは甦り、それを妨げんとする力もなお残存しておる。後々何を願うべきか」

突然、岩山がかがやいた。

この空地を照らしていた月光が岩に集中したのである。

「下がれ」

テラーズ公の声は、光と――落下する岩の中に消えた。

不思議と静かだった。轟《とどろ》きはざわめきのごとく、振動は揺り籠《かご》のように失われた。

岩塊は滑らかに広がり、その中央に直径三メートルほどの球体が置かれている。

人影が近づいた。

長いガウンでテラーズ公と知れた。

ヴァミアも二人の踊り手も数メートル離れた地点で、これから起きる「結果」を見つめていた。

テラーズ公が右手を球体の表面に当てた。

ゆっくりと円周に沿って右へ移動していく。

どんな感慨も生まれてこない静かで不気味な動きであった。

足が止まった。

ヴァミアは彼の声を聞いた。

「これか——わかったぞ。わしの復活の意味が」

もうひとつの世にも美しい声が、同じ耳元で、

「その通りだ、テラーズ公」

と言った。


ヴァミアもダンサーたちもふり向こうとしなかった。

テラーズ公の姿はなく、球体の向うから声のみが、

「Dか——遅れたぞ」

「おまえの踊り手に先を譲った。何を見た?」

「それは、わしに対する問いか?　そうではあるまいな」

「それをこの地へ残した者は、おまえにのみわかるように手を加えた。おまえの復活はそのための結果だ」

「無理もない。これはわしにしか解読できぬ代物だ。いや——ひとり例外がおるか?」

「いいや、ふたりだ」

答えと同時にDは宙に舞った。その下でサイボーグ馬が消滅した。

不可視の力《パワー》はテラーズ公が放ったものに間違いない。

空中でDは左手を上げた。新たな力線《パワーライン》は青いペンダントに吸い込まれた。

球体の表面でDは新たな跳躍に移った。

頂上を越えて反対側のテラーズ公の頭上に舞い降りる。

その刹那《せつな》、彼は消滅した。

「他愛もない」

とテラーズ公は笑った。唇から覗《のぞ》く牙《きば》は、卑しく震えていた。

「読み解いたぞ、世界よ、あの方が私に与えたものを。それをいまおまえに示してくれる。見よ」

この瞬間、ダミアンとマリアが消えた。

ヴァミアも消えた。

スモクト町長とデイドーリン道師も失われた。

ホールの町民たちも姿を消した。

「『ランジュ』の住人たちは消えた。そして、このように甦る」

テラーズ公の声に機械音が混じった。

スモクト町長とデイドーリン道師が空中から現われた。

「ようこそ」

とテラーズ公が牙を剥《む》いて微笑した。

二人は笑顔を返した。

その口元に二本の牙が光った。

「この球体には世界が記憶されている。あの方は、それを私に托《たく》したのだ。――ヴァミアよ」

再び出現した娘は、牙を剥いてうなずいた。

何もかも変わっていく。すべてが血を求める一族に。それが、彼の望んだことなのか。

テラーズ公は右の頬に指を当てた。

スモクト町長とデイドーリン道師が、怯《おび》えの声を上げた。

彼らの顔に光るつぶが散らばった。

月の光は消えていた。

しかし、流れるすじは三人の復活者の頬に当たり、そこを溶け崩らせた。

「誰だ？　みな消したはずだが」

球体の向うでふり返ったテラーズ公の足下で、水流が渦巻いた。

「ほう、生きていたか」

公は球面に指を走らせたが、降り続く雨は熄《や》まなかった。

「戻って来たぞ、テラーズよ」

「待っていたとは言わんぞ、バグラーダ」

水はこう叫んでテラーズ公の胸元に届いた。

「おれが見えるか、テラーズよ？　この水は私の力が生んだものだ。おまえのパワーをもってしても、おれは見えまい」

バグラーダ卿《きょう》の声は止まった。

満々と水を湛《たた》えた空き地の表面を激しく雨が叩いた。

「流れ水に非ず――従って、おまえの力も届かぬ、おれは不死身だ」

水面を突き破って、黒い槍穂《やりほ》がテラーズ公の左胸を貫いた。

よろめき、球体に背を打ちつけて、公は鮮血を吐いた。

「見事だ、バグラーダよ」

「そうとも」

五メートルほど前方の水中から、長髪の頭部が浮かび上がった。

「これで決着はついた。あの方の力は、おれにおまえを斃《たお》させるためのものであった」

「だといいが」

テラーズ公の右手が槍にかかると、一気に引き抜いた。

彼はそれをバグラーダ卿に投擲《とうてき》した。

背まで抜けた槍を摑《つか》んで、卿はよろめいた。

「わしを甦らせ、なおかつ滅ぼさんとする力があった。おまえではなさそうだな、バグラーダ卿よ」

彼は球体の表面を撫《な》でた。

バグラーダ卿の姿が急速に霞《かす》みはじめた。

「そうはいかんぞ、テラーズ公よ。おれはまた帰ってくる」

その顔は、水中に没し——また打ち上がった。

「帰って来たか」

とテラーズ公は笑い、

「ああ」

とバグラーダ卿は笑い返した。口元には倍も長い牙が光っていた。

3

水はもうなかった。ふたたび月光が世界を照らし出した。

「おまえの復活はもはや止められんな」

とバグラーダ卿は牙に触れながら言った。

「世界の全ては我々の仲間だ。それこそがあの御方の望んだものであった」

彼は胸の槍を摑んで引き抜いた。

その首を光が薙《な》いで通った。光はテラーズ公の首にも躍った。

バグラーダの首が落ち、テラーズ公の首が半分右へずれても、彼の眼は光の発動点を追った。

Dとダミアンたちのやって来た方角から小ぶりな影がドレスの裾《すそ》をけり上げる格好で走り寄ってきた。

ライカではなかった。ダイアンだ。ライカと違って、この人形娘には、テラーズ公の力も及ばなかったものか。

「おまえも、あの方に選ばれたか。このわしの復活を防ぐために」

「私もやっとわかったわ、その通りよ」

「だが、ここまでだ」

テラーズ公は右の側頭部に手を当てて押した。首が元に戻った。バグラーダ卿は倒れている。首は胴のそばに落ちている。

テラーズ公の右手が動いた。

ダイアンの姿が霞み——すぐに戻った。口元に牙はない。

「残念だったわね。でも、私の仲間はまだいるわ」

「そうか」

テラーズ公のひとことは、ダイアンの眼を丸くさせるほどの苦渋に満ちていた。

「——なぜ、私を甦らせ、なぜまた葬ろうとなさるのか？　私は貴族として俗に生きて来たにすぎません。なのに、何故《なぜ》、かような呪われた日々を送らねばなりませんか？」

テラーズ公は月光をふり仰いだ。

ダイアンの手から扇剣が飛んだ。

刃《やいば》はテラーズ公の首を薙ぐ寸前に傾き、彼の胸にめりこんだ。

「少しパワーを上げた」

とテラーズ公は渋々と告げた。

「それだけで、刺客《しかく》は斃れる。貴族でもなく人間でもない人形さえも」

扇剣を放った瞬間に、ダイアンは大きく前へのめった。地面に倒れた身体は、頭、胴、腕、脚ときれいに分解した。

「おまえはこれ以上、戻るまい。これで世界はわしのものになる——だが」

テラーズ公はひどく虚しい表情をこしらえた。

「これで良いのでしょうか？　これが自分が甦った理由なのでございますか？」

語りかける相手は誰なのか？

返事はない。

月光のみが彼を白々と浮かび上がらせている。新しい世界の主を。

「お続けなさい」

とダミアンが言った。

「あなたの為すべきことを」

「そうなさい」

とマリアが続けた。

「それまで私たちは踊り続けましょう。世界が終わりを迎えるまで」

「我々はお待ちする」

とスモクト町長が白い牙を剝いた。

かたわらで、デイドーリン道師がうなずいた。

「新しい世界と常ならぬ住人たちを」

「そのマシンなら、何もかもひと触《さっ》りで変えられるはずだ」

とバグラーダ卿が促した。

「おまえたちは、それを望むか？」

テラーズ公は訊いた。疲れたような響きがあった。

「あの方は、なぜ――」

そして、彼は両耳を押さえた。

「――それは――どういうことでございますか？」

声は夜空に吸いこまれた。

いま、テラーズ公の問いに答えるものが、そこから出現したかのように。

「――たったひとつの成功例――ふたつ目が、わたくし？」

「そうだ」

月光が応じたような声が、数メートル先でした。

世にも美しい人影が、忽然《こつぜん》と立っていた。

そこにいる全員が声を合わせた。

「Ｄ」

テラーズ公は声もなく後じさった。ようよう言った。

「どうやって――戻った？　わしは招いておらん」

「おれ自身でだ」

Ｄは冷たく言った。消え去る前と同じように。右手の剣《つるぎ》が月光を撥《は》ね返した。いつもと同じように。

「あの方の意志でもないと言うのか？」

答えはなく、Dはテラーズ公へと歩き出した。鬼気も妖気も凍てついた最後の殺戮《さつりく》の場へと。

テラーズ公の両手がガウンの内側へ滑り込み、二本の鎖を摑んで戻った。

それが旋回する前に、Dは地を蹴った。

ひとすじの刀身、しかし、テラーズ公はその背後にどんと打ち寄せる巨浪《きょろう》を見た。

心臓へ突き出される刀身を、間一髪、鎖が打ち上げ、テラーズ公は跳びのきつつ、反対側の鎖を放った。

それは、なお一跳躍の姿勢にあったDの腰に巻きつき、そこから彼方《かなた》の木の幹にのびて、彼の動きを封じた。一瞬の成果であった。

Dの左手が鎖を摑んだ。

鎖が灼熱《しゃくねつ》し、溶ける間に、横殴りの一撃がDの首を襲った。しかし、それは刀身に巻きついた。

「さすがだ」

テラーズ公が牙を剝いた。Dの刃の速さに感嘆したのである。

彼は鎖を失い、Dは刀身と自らの動きを封じられた。ともに進みもできず、退《ひ》くもならなかった。周りの影たちも身じろぎひとつつない。

「どうした、D？」

テラーズ公が訊いた。ひどく穏やかな声であった。

「腰の鎖はすでに灼《や》き切れているはず。なぜ、討ちに来ぬ？」
何とも奇怪な言い草だが、対する返事も、
「わかったはずだ、今」
テラーズ公はうなずいた。
バグラーダ卿も
ヴァミアも
スモクト町長も
デイドーリン道師も
ダミアンとマリアも
テラーズ公が頭上を仰いだ。
「なぜ、私めにこのような役割を？　すべては無残な幻でございました」
「そういう奴だ」
告げる声は、テラーズ公の頭上からした。
ふり下ろされる刀身を、テラーズは避《よ》けなかった。
頭頂から股間まで割られた身体は、反転して心臓を貫く刃に、塵《ちり》とガウンのみを残した。
「いつも、おまえだけが残る」
左手が言った。

誰もいなかった。

月光だけが草一本ない土地を寒々しく照らし出していた。復活の祭はすべて幻であったのか。その当人も周囲の人々も。彼らを作り出した者は、そのひとりに世界を血の住人に変える目的を与え、そして、後悔をし、Dを招いたのか。

「もうひとりはおらなんだ」

その左手で手綱《たづな》を摑み、Dはサイボーグ馬に乗った。


「ラランジュ」の広場へ戻ったとき、人影が駆け寄って来た。

ライカであった。

Dを見て胸を撫で下ろし、

「気がついたら、誰もいないんだよ。ね、ダイアンは何処にいるか知らない？」

その足下で、Dが放った布袋が幾つもの固い音を立てた。

「これかい？」

「おまえなら治せるだろう」

「わかんないけど――やってみるよ」

袋を持ち上げてから、周囲を見廻《みまわ》して、

「みんなどこへ行っちまったんだろうね。ま、何となくわかるけれど。この町はもうおしまいかなあ」

「始まりかも知れん」

Dがかすかに前方へ顎《あご》をしゃくった。

数個の人影が近づいてくる。ひとりは——ラッドであった。

「残った町の連中じゃな——また何とか町を盛り返していくだろうて」

「どうする？」

Dが訊いた。

「また旅に出るさ。ダイアンとね」

布袋を揺らして見せ、

「ばーい」

と背を見せた。馬車のところに行くのだろう。

Dは町の入口に馬首を向けた。復活と滅びの町は月光の下に眠っている。

歩き出した騎馬の姿は、静かに遠ざかっていった。

眠りを醒《さ》まさぬように。

『D－凶の復活祭』（完）

あとがき

昼間から花火が上がり、青空に白い弾幕を広げる。地上ではジンタが鳴り響き、道行く人々の間を、ピエロや一輪車を操る曲芸師、着ぐるみのモンスター、疑似格闘に火花を散らす剣士たちの一団が通り過ぎていく。

こんな光景を見たのは、ルーマニアの一都市か、チェコのプラハであったろうか。カーニバルというのだろう。アメリカでも遭遇したが、こちらは平原といってもいい広場に小さな屋台が軒を連ね、でっかい観覧車が人々をすくい上げ、「GHOST MANSION」なる建物に入れば、ゾンビのメイクを施したバイトの中学生が、動かない電動鋸《チェーンソー》をふり廻《まわ》して襲いかかってくる子供騙《だま》しであった。

やはりカーニバルはヨーロッパに限る——などと知ったかをしても、私はその起源も進化の過程も知らない。あの喜悦の空間が、今も脳裡《のうり》を去来するばかりだ。

ドラキュラの故郷を訪ねたトランシルヴァニアの一隅で、「予言《フォーチュン・テラー》」の看板をつけた馬車と、その乗員らしいジプシー（当時の呼び名）の少女とシルクハットに黒コートという若者に会った。東洋人が珍しいらしく、少女は私を指さして満面の笑みを浮かべたが、若者はそっぽを向いていた。

この光景が「凶の復活祭」の元になっている。

サーカスや舞踏団——旅芸人という一団は遙《はる》か奈良平安の時代に遡ると言われるが、小学校時代、そのひとりが私のクラスに編入され、我々は早速、ど厚かましくサーカスへ押しかけ、「只《ただ》で見せろ」

と要求したら、母親らしい女性が、喜んで入れてくれた。

私は「凶の復活祭」で、この全てを再現したかったのかも知れない。

だが、この祭りは、祝われるべき存在が、実は呪われたそれであることから、祭り自体が邪悪なものとなる。

参加するつもりのなかったDが、なぜ招かれたのか。

登場人物たちは、どんな役割を担っているのか。

彼らの多様性は、それまでのDシリーズの中で随一と言えるだろう。

読者がその全体像を捉えるまで、しばしのお付き合いを願うものである。

令和六年十一月一七日
「シン・ゴジラ」（'16）を観ながら

菊地秀行

吸血鬼《バンパイア》ハンター43
D－凶《きょう》の復活祭《ふっかつさい》

朝日文庫
ソノラマセレクション

2025年1月30日　第1刷発行

著　者　菊《きく》地《ち》秀《ひで》行《ゆき》

発行者　宇都宮健太朗
発行所　朝日新聞出版
〒104-8011　東京都中央区築地5-3-2
電話　03-5541-8832（編集）
03-5540-7793（販売）
印刷製本　株式会社 光邦

ISBN978-4-02-265183-9

貴族グレイランサー
吸血鬼ハンター アナザー
菊地 秀行

外宇宙生命体との戦争が激化する中、貴族最強の戦士グレイランサーは戦果を上げるが……。「吸血鬼ハンター」初の姉妹編、待望の文庫化！

貴族グレイランサー 英傑の血
吸血鬼ハンター アナザー
菊地 秀行

貴族打倒をめざす人間のリーダー・サンホークが現れた時、グレイランサーは――。「吸血鬼ハンター アナザー 貴族グレイランサー」第二弾！

吸血鬼《バンパイア》ハンター32 D－五人の刺客
菊地 秀行

〈神祖〉が残した六つの道標を手に入れると、不老不死になれるという。道標を手に入れるのは誰か？ Dは、何故この戦いに身を投じたのか？

吸血鬼《バンパイア》ハンター33 D－呪羅鬼飛行
菊地 秀行

美貌のハンター・Dは北の辺境へ向かう旅客機で、さまざまな思惑を抱く人々と出会う。そこへ貴族たちと無慈悲な空賊の毒牙が襲いかかる……！

吸血鬼《バンパイア》ハンター34 D－死情都市
菊地 秀行

Dは、血の匂いを嗅ぐと、人間から妖物へと変貌する住人が暮らす街を訪れた。《神祖》の機巧をめぐり、街の支配者・六鬼人と刃を交える！

吸血鬼《バンパイア》ハンター35 D－黒い来訪者
菊地 秀行

貴族に見初められ花嫁になる運命の娘エマ。その恩恵を受ける村人、彼女を守ろうとする男たち、そしてDもまたグスマン村に足を踏み入れる。

恩田 陸
ネクロポリス（上）（下）
懐かしい故人と再会できる聖地「アナザー・ヒル」に紛れ込んだジュンは連続殺人事件に巻き込まれ、犯人探しをすることに。《解説・萩尾望都》

脚本・輿水 泰弘ほか／ノベライズ・碇 卯人
相棒season21（上）
初代相棒の亀山薫がサルウィンから帰国、特命係に復帰する「ペルソナ・ノン・グラータ」、殺された男の最期の謎に迫る「笑う死体」など七編。

脚本・輿水 泰弘ほか／ノベライズ・碇 卯人
相棒season21（中）
大物政治家のもとに届いた不穏な予告状に、特命係と熟年探偵団が挑む「大金塊」、元受刑者らの闇に光を当てる「まばたきの叫び」など六編。

脚本・輿水 泰弘ほか／ノベライズ・碇 卯人
相棒season21（下）
一三人の遺骨の盗難事件が発生、その全容解明と遺骨奪還という難ミッションに挑む特命係が最後にたどり着いた真実とは。「13」など六編。

千街晶之・編／宇佐美まこと／小野不由美／京極夏彦／高橋克彦／都筑道夫／津原泰水／道尾秀介・著
魍魎回廊
ホラー・ミステリーアンソロジー
恐怖と怪奇が支配する世界＝ホラーと、謎解き＝ミステリーが絶妙に絡み合う。ホラー界の巨匠たちが怪奇現象を紐解く至高のアンソロジー。

西上心太・編／阿津川辰海／伊兼源太郎／大門剛明／丸山正樹／横山秀夫・著
逆転の切り札
法廷ミステリーアンソロジー
果たして真実こそが〝正義〟なのか？ 裁判員裁判、事件記者、刑事対検事、ろう者弁護、家裁調停員など、法の死角に挑む傑作アンソロジー。

朝日文庫

大逆転

ミステリーアンソロジー

初野晴、曽根圭介、一穂ミチ、綾辻行人、矢樹純、鮎川哲也／佳多山大地・編

幼い命へ警鐘を鳴らす「ピクニック」。廃墟と化した遊園地の秘密を追う「カマラとアマラの丘」など、六人の名手が紡ぐ極上のミステリー。

密室大全

密室ミステリーアンソロジー

千街晶之・編／青柳碧人／大山誠一郎／恩田陸／貴志祐介／中山七里／東川篤哉／麻耶雄嵩／若竹七海・著

海の中の城で起きた殺人事件、雪に残った足跡が示す部外者の不在、入り江という閉ざされた空間——。密室トリックに挑む究極のアンソロジー。

放課後推理大全

学園ミステリーアンソロジー

大矢博子・編／城平京／友井羊／初野晴／米澤穂信／有栖川有栖／金城一紀／栗本薫・著

教室、保健室、図書室、通学路。不可解な事件は足音を潜めながら日常に忍び寄る。学校で巻き起こった謎に迫る傑作ミステリーアンソロジー。

京都迷宮小路

傑作ミステリーアンソロジー

浅田次郎／綾辻行人／有栖川有栖／岡崎琢磨／門井慶喜／北森鴻／連城三紀彦／関根亨編

祇園、八坂神社、嵯峨野など、人気作家七人が京都の名所を舞台に、古都の風情やグルメを織り込み描いたミステリーを収録。文庫オリジナル短編集。

20の短編小説

小説トリッパー編集部編

人気作家二〇人が「二〇」をテーマに短編を競作。現代小説の最前線にいる作家たちのエッセンスが一冊で味わえる、最強のアンソロジー。

25の短編小説

小説トリッパー編集部編

最前線に立つ人気作家二五人が競作。今という時代の空気に想像力を触発され書かれた珠玉の短編二五編。最強の文庫オリジナル・アンソロジー。

監修　　　　サンエックス
デザイン　　宮下ヨシヲ（サイフォン グラフィカ）
編集協力　　サンエックス

編集人　　　安永敏史（リベラル社）
編集　　　　伊藤光恵（リベラル社）
装丁・DTP　尾本卓弥（リベラル社）
営業　　　　津村卓（リベラル社）
広報マネジメント　　伊藤光恵（リベラル社）
制作・営業コーディネーター　仲野進（リベラル社）

編集部　中村彩・木田秀和・濱口桃花
営業部　澤順二・津田滋春・廣田修・青木ちはる・竹本健志・持丸孝

※本書は2019年に小社より発刊した『すみっコぐらしの四季めぐり』を文庫化したものです

すみっコぐらしの春夏秋冬《はるなつあきふゆ》

2024年12月25日　初版発行

監修　　　　サンエックス
発行者　　　隅田 直樹
発行所　　　株式会社 リベラル社
〒460-0008 名古屋市中区栄3-7-9 新鏡栄ビル8F
TEL 052-261-9101　FAX 052-261-9134　http://liberalsya.com
発売　　　　株式会社 星雲社（共同出版社・流通責任出版社）
〒112-0005 東京都文京区水道1-3-30　TEL 03-3868-3275
印刷・製本所　株式会社シナノパブリッシングプレス

ISBN 978-4-434-34948-5　C0176
落丁・乱丁本は弊社送料負担にてお取り替え致します。

参考文献

『二十四節気と七十二候の季節手帖』（成美堂出版）

『にっぽんの七十二候』（枻出版社）

『大切にしたい、にっぽんの暮らし。』（サンクチュアリ出版）

『日本の七十二候を楽しむ　－旧暦のある暮らし－』（東邦出版）